TAKE
SHOBO

笑わぬ公爵の一途な熱愛
押しかけ幼妻は蜜夜に溺れる

すずね凜

Illustration
ウエハラ蜂

蜜猫
MitsuNeko

contents

イラスト／ウエハラ蜂

笑わぬ公爵の一途な熱愛

押しかけ幼妻は蜜夜に溺れる

序章

その日の空の青さを、フロレンティーナは生涯忘れないだろう。

真新しい墓標《ぼひょう》の白さ、飾られた生花の甘い香り、梢《こずえ》を渡る五月の爽やかな五月の風、遠くで囀《さえず》る小鳥の声——何もかもが、フロレンティーナの気持ちと裏腹に、あまりにも美しかった。

「叔母様、叔母様ぁ……」

葬儀が終わっても、フロレンティーナは叔母の墓の前でうずくまって、泣き続けていた。

フロレンティーナは、赤ん坊の頃に両親を馬車の事故で亡くしてしまった。母のたった一人の姉である、伯爵夫人で未亡人のレジーナ叔母が、幼いフロレンティーナを引き取って大事に育ててくれた。

なのにその叔母も、突然の心臓病でこの世を去ってしまったのだ。

わずか七歳にして、フロレンティーナは、天涯孤独になった。

葬儀に出席した遠縁の者たちは、残されたフロレンティーナを遠巻きにして、どこが引き取るかで揉《も》めていた。誰もが、財産もろくにない身寄りのない少女を引き取ることを躊躇《ちゅうちょ》していた。心無い遠縁たちの無遠慮な話し合いが、フロレンティーナの耳にも漏れ聞こえてくる。

「厄介者——」「一文無し」「女の子なんて役に立たないから、うちは引き取れない」「我が家だって、他人同然の娘を引き取りたくない」

悲しみでいっぱいのフロレンティーナの心を、心ない言葉がさらにズタズタに切り裂いた。

(もう死んでしまいたい……お父様とお母様と叔母さまのいらっしゃる天国へ、私も行ってしまいたい……)

どれほど泣いていたろうか。

いつの間にか泣き疲れ、冷たい墓石に顔を押し付けるようにして、うとうとしてしまった。

と、不意に、ふわりと温かいものが肩に掛けられた。

「——おちびさん、いつまでもそこで泣いていると、風邪を引いてしまうよ」

耳障りのよいバリトンの声が頭の上から降ってきた。

フロレンティーナはおずおずと顔を上げる。

大きな上着がすっぽりと身体を包んでいた。

背の高い若い男性が、こちらを気遣わしげに覗《のぞ》き込《こ》んでいる。

「……だれ？」

小声で尋ねると、その男はゆっくりと膝を折り、フロレンティーナと視線を合うようにした。

間近で見ると、息を飲むほどに端整な顔立ちの青年だ。

蜜色のブロンド、深い青色の目、男らしい鋭角的な面立ちだが、どこかにまだ少年の面影をのこしているような柔らかな雰囲気がある。

「僕はね、もっと若い頃に、君の叔母様に親切にしていただいた者だ。仕事が忙しくて、葬儀に間に合わず、本当に残念だった。彼女は、とても慈悲深い優しい女性だった」

青年は愛惜を込めた声で言う。

その真摯な言葉に、フロレンティーナに悲しみが再び溢《あふ》れてくる。

「うっ、うう……っ」

両手で顔を覆ってしゃくり上げた。

青年の大きな手が、そっと震える背中を撫《な》でてくれる。温かな手の感触に、フロレンティーナの胸が甘く震えた。

「もう……死んでしまいたい……もう、生きていたくないの……」

途切れ途切れにつぶやくと、青年が少し強い口調になる。

「そんなことを言うものではない。君はこれから成長して、素敵なレディになって、幸せなお嫁さんになるだろうに」

　フロレンティーナは、涙に濡《ぬ》れた顔をキッと上げた。

「そんなこと、信じられない……今までも、少しもいいことがなかったのに……！」

　フロレンティーナに言い返されるとは思ってもいなかったのか、青年はわずかに声を失った。

　それから彼は、少し考えてから口を開く。

「じゃあ——いつか君が素敵なレディに成長したら、僕がお嫁さんにしてあげよう」

　今度はフロレンティーナが言葉を失う。

　心臓がドキドキする。

「……ほんとう？」

　青年がうなずく。

「うん約束するよ」

　フロレンティーナは胸の奥がじんわり熱くなるような気がした。だが、どうせ青年はその場の慰めで言っているのだろうという気がした。

　疑《うたぐ》り深《ぶか》い目で見つめていると、青年は軽く咳払《せきばら》いした。

「君、名前は？」

「……フロレンティーナ、です」

「じゃあ、フロレンティーナ」

青年はシャツの内ポケットから手帳と鉛筆を取り出し、手帳を開いてさらさらとなにか書きつけた。そして、書き込んだページを破り、フロレンティーナに差し出した。

「さあ、これを――誓約書だ」

フロレンティーナはその紙片を受け取り、読む。

『私ことヘルムート・バルツァーは、フロレンティーナが素敵なレディに成長したら、彼女をお嫁さんにすることを誓います』

流れるような美しい筆記体でそう書かれてあった。

「……ヘルムート……様？」

「そうだ。これから君は、頑張って素敵なレディになるのだよ」

ヘルムートという青年が、ぽんぽんとあやすようにフロレンティーナの頭を撫でた。

「はい……」

思わずうなずく。

「うん、よし」

青年はゆっくりと立ち上がった。そしてふわりと柔らかく微笑《ほほえ》む。

その蠱惑的《こわくてき》な笑みに、フロレンティーナの鼓動はますます速くなってしまう。

「では、僕はもう行かねばならない。おちびさん。またいつか、会う日まで」

彼はくるりと踵《きびす》を返す。

「あ――」

フロレンティーナは声を失い、呆然《ぼうぜん》と去っていく青年の後ろ姿を見つめていた。

我に返ると、フロレンティーナは一人、墓前に立ち尽くしていた。

「いけない、上着を返すの忘れてたわ」

フロレンティーナは、自分にかけられた青年の上着をぎゅっと胸の前で掻《か》き合《あ》わせる。

上着に顔を埋めると、ほんのりとシトラス系の爽やかなオーデコロンの香りがした。

「ヘルムート様……」

フロレンティーナは、手の中の紙片を何度も読み返す。

『――彼女をお嫁さんにすることを誓います』

絶望で真っ暗になっていた心に、一筋の光が差し込んだような気がした。

(私も誓います。きっと素敵なレディになります)

幼いフロレンティーナの心の奥に、淡い恋の種が植え付けられた。

その種を大事に育てて、いつかきっと美しい花を咲かせよう。

フロレンティーナは、未来に向けて顔を上げた。

第一章　少女は素敵なレディになる

シュッツガルド帝国は、大陸最大の領土を持ち、経済的にも文化的にも抜きん出て進歩している。代々、賢明な皇帝の支配下の元、国は栄え国民たちは平和に暮らしている。

現在の皇帝シュッツガル四世は、聡明《そうめい》で温厚な人物で、有能な臣下たちにも恵まれ、国家の政治は安定したものであった。

小春日和の十一月のある日、ヘルムート・バルツァー公爵は、首都の中央に位置する皇城に呼び出されていた。

ヘルムートは弱冠二十歳で国立大学の経済博士の称号を獲得し、皇帝陛下の経済顧問役として抜擢《ばってき》され、財務に関する有益な法案の作成に携わっていた。

現在三十歳になる彼は、その若さで時期経済大臣として最有力候補に目されている。

「お呼びでございますか？　陛下」

ヘルムートは皇帝の謁見室に通されると、玉座の前の階で恭しく跪《ひざまず》く。

玉座に鎮座したシュッツガル四世は、立派な口髭《くちひげ》を撫でながら機嫌良さげに言う。

「うむ。バルツァー公爵、先日の地方税に関する修正法案は、非常に優れたものであった。私だけではなく、他の大臣たちも感心しておったぞ」

ヘルムートはさらに頭を低くした。

「過分なお言葉、感謝いたします」

シュッツガル四世は、少し改まった声を出した。

「ところで——春には、貴族議会で新たな大臣選出が行われるのだが、その際に、私は貴殿を経済大臣の地位に推そうと思っている」

ヘルムートはハッとして、思わず顔を上げそうになる。胸に熱い喜びが溢れてくるが、あくまで落ち着いた態度は崩さない。

「そ、それは——身に余りある光栄なことでありますが、私はまだ若輩者でありますれば——」

シュッツガル四世は、ヘルムートの言葉を遮った。

「いや、遠慮は無用。貴殿以外の適材はないだろう。それは貴族議員の誰もが納得していることだ。もはや、決定事項と言える」

ヘルムートは白皙《はくせき》の頬《ほお》をわずかに紅潮させた。

「御意」

そこで、シュッツガル四世はわずかに声を潜《ひそ》めた。

「だがここで、ひとつだけ問題がある」

「問題、でございますか？」

「うむ、公爵、春までに結婚せよ」

ヘルムートはぴくりと肩を震わせた。

「結婚――を、せよと？」

「そうだ。国の重要な役職に就くものは、信用が大事だ。貴殿はいまだに独身者。年も若く独身である者が大臣職に就くと、古老の議員などからつまらん異論を出されぬとも限らぬ。そろそろ良き伴侶《はんりょ》を見つけ、妻帯せよ。これが、私が貴殿を推す際の、条件だ」

ヘルムートはぐっと唇を噛《か》み締《し》めたが、すぐに答える。

「御意。陛下のお心のままに」

シュッツガル四世は安堵《あんど》したのか、気さくな声色になった。

「そうか、わかってくれたか。なに、貴殿の美貌と地位ならば、いくらでもふさわしきご令嬢が選べるであろうよ。良い報告を待っておるぞ」

「ははっ」

ヘルムートは深く頭を下げた。


謁見を終え、玄関ロビーへ続く回廊を歩きながら、ヘルムートは小さくため息をつく。

気が重くなるのを感じた。

「結婚せよ、とは――」

ヘルムートは、とある理由から、ずっと独身を押し通してきた。

本音を言うのならば、生涯独り身でありたかった。

しかし――経済大臣の地位は魅力的だ。

仕事が唯一の生きがいであるヘルムートにとって、今がまさに人生の岐路に立っていると言えた。

「どうしたものか――」

端整な美貌を曇らせ、ヘルムートは鬱々として待機させてあった自家用馬車に乗り込み、帰路についたのである。

首都の高級住宅街の一角にあるバルツァー家の門前に、一台の見知らぬ馬車が止まっていた。

「来客か？」

玄関前に馬車を止めさせると、待ち受けていたように扉を開けて、執事長のガストンが飛び出してきた。彼は先代から執事として忠実にバルツァー家に仕え、若い当主であるヘルムートの右腕として、屋敷を取り仕切っている。

「お帰りなさいませ、ご当主様」

ガストンは馬車から降りてきたヘルムートから、ステッキとシルクハットを恭しく受け取る。

「誰か、客か？」

ヘルムートの問いに、ガストンは皺《しわ》だらけの顔にわずかに笑みのようなものを浮かべた。

「はい。それは愛らしいお客様が、先ほどからご当主様をお待ちかねでございます」

「愛らしい？」

ヘルムートは眉を顰《ひそ》める。

ガストンの声色と顔つきに、なにか含むものを感じ、それ以上問い詰めず、足早に屋敷の中に入った。そのまま客室へまっすぐに向かう。

客間の扉を軽くノックする。

「失礼する」

声をかけて扉を開いた。

奥のソファに、一人の小柄な女性が座っていた。

「あ」

鈴を振るような可愛《かわい》らしい声を上げ、その女性は素早く立ち上がり、こちらを振り向いた。

年の頃は十五、六才か。

明るい栗色《くりいろ》の髪、長いまつ毛に縁取られたくりくりした緑色の目、色白の肌にピンク色の頬、整った美貌だが、まだあどけない。ほっそりした肢体に、水色のドレスが良く似合い、お人形のようだとヘルムートは思った。

少女はキラキラした瞳で、ヘルムートを見上げた。

「あの……ヘルムート・バルツァー公爵様であられますよね？」

その表情があまりに無垢《むく》で美しく、ヘルムートは眩《まぶ》しくて目を眇《すが》める。

「そうだが――あなたは、どなたかな？」

少女はかすかに表情を曇らせたが、すぐに笑顔になり、胸元のコルセットの内側から、なにか紙片を取り出した。それを開いてこちらに差し出しながら、彼女はニコニコする。

「私、フロレンティーナです。お約束通り、公爵様のお嫁さんにしてもらおうと、参上しました」

「え――？」

ヘルムートは目を丸くして、フロレンティーナと名乗った少女が差し出した、黄ばんだ紙片を覗き込んだ。

『私ことヘルムート・バルツァーは、フロレンティーナが素敵なレディに成長したら、彼女をお嫁さんにすることを誓います』

ヘルムートは目を瞬き、その文面を何度も読み返す。

確かに自分の筆跡だ。

だがいつ、こんなものを書いたのだろうか？

咄嗟《とっさ》には思い出せないでいた。

呆然としているヘルムートをよそに、少女は天使みたいな満面の笑みで、こちらをじっと見つめている。


「これは――私が書いたものらしいが――だが、その」

ヘルムートが戸惑い気味に言う。

相手の反応にフロレンティーナは内心がっかりしたが、気を取り直し、あくまで明るい表情を作ろうとした。

「覚えておられませんか？　十年前、叔母の葬儀の時に、泣いている私に公爵様が書いてくださったものです」

ヘルムートは記憶を辿《たど》るような表情になり、不意に合点したようにうなずいた。

「ああ――レジーナ・クラウス伯爵夫人の葬儀の時だったね。あの時のおちびさんが、あなたか」

フロレンティーナはほっと胸を撫《な》で下ろす。

「はい！　悲しみのあまり死にたいと漏らした私を、公爵様が優しく慰めてくださり、素晴らしいお約束をしていただいて――」

フロレンティーナは息を吸い、胸を張る。

「私、あれからずっと頑張って、公爵様のお嫁さんにふさわしいレディになるように、努力してまいりました。レディの嗜《たしな》みはすべて身につけました」

この日のために、念入りに髪を結い、少しお化粧もして、一番お気に入りのドレスを着て、精いっぱい装ってきた。我ながら上出来だと思った。期待に満ちて、ヘルムートを見つめる。

彼はしかし、綺麗《きれい》な眉をかすかに顰めた。

「いや――貴女《あなた》はまだ、子どもではないか？」

フロレンティーナは少しムッとして言い返す。

「これでも、もう十七歳になります。国の法律でも十分、結婚できる年です」

するとヘルムートは、顰《しか》め面《つら》になる。

「よく聞きなさい、お嬢さん」

なぜそんな怖い顔になるのだろう。

フロレンティーナは意気込んだ気持ちを逆撫《さかな》でされて、表情を強張《こわば》らせた。

だがヘルムートは堅苦しい感じで続けた。

「確かにそういうものを書いたが、あれは幼い君を励ますつもりだったんだ。結婚というものは、そんなに気安くできるものではない。悪いのだがお嬢さん、丁重にお引き取り願いたい」

「……」

フロレンティーナは肩を落とした。

「この約束は、戯《たわむ》れだったたと、言うのですね？」

声が震えてしまう。

するとヘルムートは、取り繕うように言った。

「貴女をからかったのではないのだ。だが、わかってほしい。貴女はまだ若い。これから世の中というものがわかるだろう。早計な行動をとるべきではない。いいね？」

要するに、夢見がちな乙女の軽薄な行動だ、と彼は言っているのだ。

フロレンティーナは、心臓をぎゅっと強く掴《つか》まれたような痛みを感じた。

こういう対応をされるだろうと、うすうす予想はしていた。

でも、もしかしたら彼は約束を覚えていてくれたかもしれないと、万に一つの希望にかけたのだ。

しかし、そんな儚《はかな》い望みはあっという間に打ち砕かれた。

押し黙ってしまったフロレンティーナを慰めるように、ヘルムートはいくらか柔らかい声で言う。

「さあ、玄関まで送ろう。お家にお帰りなさい」

子供扱いされ、フロレンティーナは涙が溢れそうになっていたが、きっぱりと首を振った。

「いいえ、いいえ、結構です。お騒がせして、申し訳ありませんでした」

これ見よがしに丁寧に一礼すると、フロレンティーナは足早に出口へ向かった。

「君――」

背後からヘルムートがなにか言いかけたが、フロレンティーナはさっと扉を開くと、素早く客間の外に出た。扉をバタンと閉めると、その重々しい音が、自分の人生の終わりを告げる鐘のように胸に響いた。

「おや、もうお帰りですか？」

ちょうどワゴンにお茶を載せて運んできた執事らしい老人が、声をかけてきた。

「はい……失礼します」

フロレンティーナは声を出すのもやっとだった。これ以上ここにいると、泣き出してしまいそうだ。

逃げるように屋敷を飛び出し、待たせていた馬車に乗り込む。

馬車が走り出すと同時に、どっと涙が溢れてきた。

「う……ぅ」

両手で顔を覆って、嗚咽《おえつ》を堪える。

(さようなら、さようなら、私の初恋。私の青春。私の初めてで最後の恋。さようなら公爵様——ずっとずっと、お慕い申していました)

胸の中で何度も繰り返しつぶやいた。

「せめてお茶くらいお出ししてから、お帰しすればよろしかったものを」

執事長のガストンがぶつぶつ聞こえよがしに言いながら、茶器を片付けている。

ソファにふかぶかともたれたヘルムートは、なぜか落ち着かない気持ちだったが、不機嫌に言い返す。

「仕方ないだろう。いきなりお嫁さんにしてくれなんて。非常識にもほどがあるだろうが」

するとガストンは、くるりとこちらを振り向いた。

「あんな聡明そうなお嬢さんが、非常識な行動を取るほど、なにかに追い詰められておられたのかもしれませんよ」

「――考えすぎだ」

「いいえ。お帰りの際、泣いておられました。この世の終わりのようなお顔をしておられました」

ヘルムートは胸の奥がちくんと痛んだ。

「なんだ、私が悪いような言い方ではないか」

ガストンはわざとらしくため息をつく。

「ご当主様に妙齢の女性が訪ねてこられるなど、前代未聞でしたから、屋敷中の者がひょっとしたら、と期待しておりましたよ」

ヘルムートは苛立ちを隠せない。

「ひょっともなにもない。私は今後も、結婚するつもりはないのだから」

ガストンは背中を丸め、失望に満ちた口調で言う。

「左様でございますか。ご当主様の代で、バルツァー家は終了ということですか。長年忠義を尽くしてお仕えしてきたお家の終わりを見るなど、なまじ長生きなど、するものではございませんね」

ヘルムートが赤ん坊の頃から仕えてくれたガストンの嘆きは、胸にこたえた。

それに、どうしてかフロレンティーナの面影が頭の中から去らない。

ガストンの言うとおり、彼女の態度は真摯で、悲壮感に満ちてすらいた。夢見がちな少女の軽率な行動だけとは、到底見えなかったのだ。

ヘルムートはワゴンを押して客間を出て行こうとしたガストンの背中に、思わず声をかける。

「待て。少し、あの娘のことを調べてくれ」

ぴた、とガストンが足を止めた。

「ほお、ご当主様もあのお嬢さんが気になられますか？」

ちらりと冷やかし気味にこちらを振り返るガストンに、ヘルムートは厳格な表情を崩さずに言った。

「なぜ、あんないたいけな少女がこんな暴挙に出たか、気になるだけだ」

ガストンはかすかに笑みを浮かべたようだ。

「かしこまりました。早急に調べます」

有能なガストンは、二日でフロレンティーナの身上について調べ上げてきた。

ガストンから受け取った報告書を、ヘルムートは書斎で丹念に読んでいた。

読み終わった報告書を机に置き、ヘルムートはため息をついて眉間を指で軽く揉む。

「哀れだな――」

屋敷に乗り込んできた時のフロレンティーナは、無垢で明るく能天気にすら見えた。乳母日傘で育った、良いところのお嬢さんとしか思えなかった。

だが、実際の彼女の人生は、壮絶なものと言える。

赤ん坊の時に両親を亡くし、引き取ってくれた叔母のクラウス伯爵夫人も、彼女が七歳の時に早世し(その叔母の葬儀で、初めてフロレンティーナと出会ったのだ)、遠縁に引き取られた彼女は、後継を得るためだけに養育されたらしい。養親《ようしん》たちはそれなりの暮らしはさせてくれたようだが、親子の情愛は皆無だったようだ。十七歳にして、すでに婿の相手も決められている。

男であるヘルムートには、想像もつかない。これまで彼は、自分の生きる道は自分で決めてきた。どんな困難も、努力と知性で乗り越えられると信じていた。

その昔、まだ少年だった頃、母親を亡くして悲嘆に暮れていたヘルムートを、当時隣家に住んでいたクラウス伯爵夫人は、なにかと気にかけてくれ優しく慰めてくれた。その後、未亡人になった伯爵夫人は、田舎に引っ越してしまったが、ヘルムートは彼女への感謝の気持ちを忘れないでいた。だから、クラウス伯爵夫人が亡くなったと新聞の訃報欄で知った時に、葬儀に駆けつけたのだ。

そこで、泣《な》き濡《ぬ》れている少女のフロレンティーナに出会った。

悲嘆に暮れている彼女を慰めようと、お嫁さんにするという約束をしたが、もちろん本気ではなかった。

フロレンティーナが、あんなその場限りの約束をひたすら信じて生きてきたのかと思うと、運命に翻弄され続けるいたいけな娘に、同情を覚えた。

だが、同情だけでどうこうできるものでもない。

初々しく美しく生命力に満ちていたフロレンティーナは、確かに魅力的だが、だからと言ってヘルムートになにができるというのか。

そもそも、なぜ自分はわざわざ、フロレンティーナのことを調べさせたりしたのだろう。

これまで、女性にこんなふうに気持ちを引かれたことはなかった。

ヘルムートは自分の気持ちを整理しようと、シガレットケースから細い煙草《たばこ》を取り出して火を点《つ》けようとした。

その時、ノックもせずにずかずかと書斎に入り込んできた者がいた。

白髪交じりで立派な口髭を蓄えた、厳格そうな面立ちの初老の男性――先代のバルツァー公爵、すなわち父である。

「ヘルムート、聞いたぞ！　皇帝陛下直々に、次期大臣の椅子を約束されたそうではないか！」

「父上――ノックくらいしてください」

「なんだ、父が息子の部屋に入るのに、なにが遠慮がいるものか」

相手の居丈高な口調に、ヘルムートは眉を顰める。

心臓を少し悪くしてから家督を譲った父だが、なにかというとヘルムートに意見をしにやってくるのだ。

ヘルムートのあからさまに嫌な表情を、父はものともしない。ヘルムートの書き物机に両手を付き、見下ろすようにして大声を出す。

「だが、それには結婚しろとのお達しだとか。陛下のお言葉はごもっともだ。お前も、もう三十路《みそじ》になる、いいかげん妻《めと》を娶《しま》れ」

ヘルムートは煙草をケースに仕舞い直し、ぱちんと大きな音を立てて蓋を閉める。

「父上に言われるまでもないことです」

「そうか。では、私がかねてより見繕ってあったさるご令嬢と、見合いをしろ。身分も財産も申し分ないぞ」

ヘルムートはこちらの気持ちを少しも頓着しない父の言動に、かっと頭に血が上った。

「父上。私の妻は自分で選びます！」

父は馬鹿にしたように鼻で笑う。

「今まで色事には縁のないお前が、何を言うか」

ヘルムートは、椅子を蹴立てんばかりに勢いよく立ち上がった。

「いえ、私には結婚を約束したご令嬢がおります！」

父は目を丸くする。

「は？　なんだと？」

ヘルムートはつい言い募った。

「そのご令嬢と、結婚の誓約書を交わしております」

父が言葉を失い、鋭い目つきで睨《にら》んでくる。

ヘルムートも負けじと父を見返した。

売り言葉に買い言葉だが、後から思えば、父の出現がヘルムートの背中を押したのは間違いない。

首都郊外にあるアルトマン伯爵家の私室で、フロレンティーナは悲嘆に暮れていた。

一時間後には、コフマン伯爵との婚約が整う。

そこには、フロレンティーナの意思はない。

十年前、叔母が亡くなった時に、誰がフロレンティーナを引き取るかで、遠縁の者たちは揉めた。最後には、しぶしぶアルトマン家が彼女を引き取ったのだ。アルトマン伯爵夫人は子どもができぬ体質で、将来フロレンティーナに跡取りの婿養子を取らせることが目的だった。

行き場のないフロレンティーナは、アルトマン家に厄介になるしか生きる道はなかった。

自分が跡取りのためだけに養育されたことは、よくわかっていた。アルトマン伯爵夫妻は悪い人たちではないが、フロレンティーナに娘として愛情を注いでくれたことはない。

結婚できる年になればすぐに、養親たちの見繕ってきた婿と結婚することが決まっていた。

養親が選んだコフマン伯爵は、フロレンティーナより二十歳も年上で、離婚歴が二回もある。だが、次男坊で地位も財産もある。コフマン伯爵は若く美しく無垢なフロレンティーナのことを一目で気に入り、アルトマン家に婿養子として入り、フロレンティーナと結婚することを快諾した。

コフマン伯爵と結婚し、できるだけ早く子どもを産むことが、養親からフロレンティーナに期待されたすべてだ。

フロレンティーナの定められた人生の中で、幼い頃の初恋の君、ヘルムートへの思慕だけが唯一の希望だった。

いつかヘルムートに再会し、彼のお嫁さんになる——そんな夢物語だけが、フロレンティーナの生きる支えになっていた。

だから、結婚できる十七歳になったその日、バルツァー家を探し当て、意を決して訪れた。

もしかしたら、万に一つでも、ヘルムートが自分を受け入れてくれないかと、それだけを願って赴いたのだ。

フロレンティーナの、一世一代の賭けとも言えた。

けれど、そんな淡い期待はあっさり打ち砕かれ、ヘルムートは非常識な小娘を慇懃《いんぎん》無礼《ぶれい》に追い払った。

当然だろう。

そんなこと、わかっていた。

でも、コフマン伯爵と結婚する前に、どうしてもヘルムートに会いたかった。会って、自分の温めてきた恋心を清算したかったのだ。

案の定、見事に振られて自爆したけれど、もう思い残すことはない。

十年ぶりに会ったヘルムートは、思い描いていたよりもぐっと渋くなり男らしさが増して魅力的で、フロレンティーナの気持ちはさらに熱く燃え上がった。だが、そんなことはヘルムートのあずかり知らぬことだ。

彼が忘れていた約束を思い出してくれただけでも、フロレンティーナには嬉《うれ》しかった。

だって、これから先、ヘルムートの記憶の中に、突然押しかけてきて結婚してくれと迫った風変わりな少女のことが、ずっと残るだろう。

それでも十分だと、自分に言い聞かす。

こつこつと私室の扉がノックされた。

「お嬢様。そろそろ客間の方に移動するようにと、奥様が——」

侍女が外から声をかけてくる。

フロレンティーナは何度か深呼吸し、ゆっくりと立ち上がる。

「はい、今行きます」


客間で、養親たちとコフマン伯爵の来訪を待った。

約束の時間まで、あと一時間ほどだ。

アルトマン伯爵夫妻はそわそわしながら、しきりにフロレンティーナのご機嫌を取るように話しかけてくる。

フロレンティーナは無言のまま膝の上に置いた両手に視線を落とし、じっとその時を待った。

と、慌てたような足音を立てて、侍女の一人が客間に入ってきた。

「あ、あの、旦那様、奥様、お客様が――」

アルトマン伯爵がぱっと顔をほころばせる。

「おお、コフマン伯爵はもうお着きなったか」

すると侍女は、困惑気味に首を横に振る。

「そ、それが――バルツァー公爵と名乗る紳士がおいでに――」

フロレンティーナは、ハッと顔を上げた。我が耳を疑う。

アルトマン伯爵が首を傾ける。

「バルツァー公爵？　どなただ？　来訪の約束はしていないぞ？」

「なんでも火急のご用事だとかで、今すぐ面会したいと言い張られて――」

「何事だ？　だが、公爵様を無下に追い返すわけにも行かぬ――十分だけ面会しよう。私が玄関ロビーまで――」

アルトマン伯爵がソファから立ち上がろうとした時だ。

「お手間は取らせません。私から出向きました」

艶《つや》めいたバリトンの声とともに、すらりとした紳士が客間に入ってきた。

「あ――」

フロレンティーナは息を飲む。

上等な仕立てのグレイのスーツに身を包んだヘルムートが、そこに立っていた。

アルトマン伯爵夫妻は、美麗で気品に満ちたヘルムートの存在感に、圧倒されたように目を丸くしている。

ヘルムートは美しい所作で一礼すると、きびきびした口調で話し出す。

「突然の来訪、失礼申し上げます。私はここに、ご令嬢との約束を果たしに参りました」

「約束?」

アルトマン伯爵は、ぽかんとしたまま機械的に尋ねた。

「はい、大事な約束です」

ヘルムートはうなずき、素早くフロレンティーナの前に跪いた。

「ご令嬢、あなたに結婚を申し込みます。十年前のお約束を、ここに果たしにきました」

「け、結婚⁉」

アルトマン伯爵夫妻は驚きのあまり、文字通りソファから転げそうになる。

フロレンティーナも呆然としていた。

これは夢なのか?

あまりに人生に悲嘆しすぎて、自分に都合の良い夢でも見ているのだろうか？

「はい、私たちは将来を誓った仲なのです。ご令嬢、例の誓約書をお見せなさい」

「あ、は、はい」

ヘルムートに促され、フロレンティーナは思わず、肌身離さずコルセットの内側に忍ばせている、折り畳んだメモ書きを取り出した。

ヘルムートはそれを受け取ると丁重に開き、アルトマン伯爵に差し出した。

「これをご覧ください。私の直筆の誓約書です」

受け取ったアルトマン伯爵は、夫人とともにメモを穴が空きそうなほどまじまじと見た。

「いかがですか？　私たちの結婚をご許可願えますか？」

ヘルムートの言葉に、やっと我に返ったアルトマン伯爵は、しどろもどろに言い返した。

「し、しかしですね公爵。フロレンティーナには婿養子を取ってもらわねば——すでにコフマン伯爵という——」

「心配ご無用です」

ヘルムートが自信たっぷりに言い返す。

「事前にコフマン伯爵殿にはこちらが話を付け、婚約破棄についての賠償金を私が支払うことで、ご了解いただいております」

あまりの手回しの良さに、アルトマン伯爵夫妻もフロレンティーナも一言もない。

ヘルムートは滑らかな口調で続ける。

「無論、アルトマン家にも結婚祝い金ははずませていただきます。私は皇帝陛下の信頼も篤《あつ》く、次期経済大臣のポストも約束されております。ご令嬢にとっても、アルトマン家にとっても、この結婚は損のないことだと思いますが」

アルトマン伯爵が、あっと声を上げた。

「で、では、あなた様が、皇帝陛下の若き懐刀と言われている、ヘルムート・バルツァー公爵殿か?」

ヘルムートが恭しく頭を下げる。

「ご存知でおられるとは、恐縮です」

アルトマン伯爵夫人が、夫に向かって唇を尖《とが》らせた。

「ちょっと、あなた。我が家の後継はどうなるのですか?」

すると、アルトマン伯爵は顔を顰めて、妻を窘《たしな》めた。

「何を言っている。公爵様は、将来の我が国を背負って立つご立派なお方だぞ。後継など、親戚筋から新たに男子の養子でも取ればすむことだ」

「まあ、そのようでありますなら――」

アルトマン伯爵夫人は、納得したように口を噤《つぐ》んだ。

するとアルトマン伯爵は、おもねるようにフロレンティーナに笑いかける。

「フロレンティーナ、このような良いご縁があるなら、なぜ先に言ってくれなかったのだ。私たちは養親として、この婚姻になんの異存もないぞ」

フロレンティーナはまだ、自分の目の前でなにが起こっているのか理解できないでいた。

ヘルムートがそっとフロレンティーナの右手を取る。

そして、優美な仕草でその甲に口づけした。

柔らかな唇の感触に、フロレンティーナは息が止まりそうになった。

「ご令嬢、どうか私の求婚を受け入れてください」

ヘルムートが、ぴたりとフロレンティーナの視線を捉える。

その強い目力に、フロレンティーナは魂を吸い込まれていく。

「は、い……」

自然と言葉が唇から漏れた。

ヘルムートが満足げにうなずく。

「よろしい。ここに、私たちの婚約は成立しました」

フロレンティーナはただ呆然と、ヘルムートの端整な顔を見つめているだけだった。

やっと自分を取り戻したのは、二人で今後の積もる話がしたいと、ヘルムートに庭に連れ出された頃だった。

ちょうど早咲きの薔薇が満開の時期で、庭は甘い花の香りで満ちている。

蔓薔薇のアーチをくぐり抜けながら、先に歩いていたヘルムートがゆっくりと振り返った。

「突然、驚かせてしまったね、ご令嬢。申し訳ない」

彼は堅苦しい感じで頭を下げた。

「い、いえ……そんなこと……だって……」

フロレンティーナは胸の高鳴りを抑えながら、微笑んだ。

「最初にそちらに押しかけたのは、私ですもの。公爵様、私の気持ちを受け入れてくださるなんて、夢みたいです」

シンデレラのおとぎ話は、本当だったんだと、フロレンティーナは気持ちが浮き立つ。

すると、ヘルムートは改まった表情になった。

「ご令嬢。あなたの純粋なお気持ちに水を差すようだが、結婚する以上、私はあなたに正直に話をしたい」

フロレンティーナは何事だろうと首を傾ける。

ヘルムートは軽く咳払いをすると、目線を下げたまま言った。

「実は――私には、結婚しなければならぬ事情ができたのだ」

「……はい……？」

意味がよくわからず、首を傾ける。

「私はこれまで、仕事一筋で生きてきた。仕事は私の生き甲斐だ。皇帝陛下をお支えし、この国をより良い方向に導きたいと願っている」

生真面目に語るヘルムートの美麗な顔を、フロレンティーナはじっと見つめていた。

「陛下が時期に経済大臣のポストを約束してくれたことは事実だ。だが、そのためには妻帯せよとの仰せだった。国の責任を負うのであれば、まず自らの人生の責任を負えと言われたのだ。本音を言うと、私は生涯独身を貫くつもりであったのだが――」

そこでヘルムートは顔を上げた。

深い青い目がまっすぐに見つめてくる。

フロレンティーナは息をするのも忘れて、その視線に射《い》竦《すく》められる。

「私はどうしても、大臣の座に就きたい。地位や名声のためではない。それだけはご令嬢に理解してほしい。このような理由で、あなたの純粋な気持ちを利用するような行動をとってしまったことは、謝罪したい」

「……そうだったのですね」

正直、がっかりしなかったと言えば嘘《うそ》になる。

相思相愛になったのだと、一瞬夢見たが、現実は甘くはないのだ。

跡取りが欲しくて婿を取らせようとした養親と、自分の仕事を得たいために結婚しようとするヘルムートは、同じような立場かもしれない。どちらも、自分の利益を最優先している。

それでも——。

ヘルムートの眼差《まなざ》しは真剣で嘘偽りはなく、正直に腹の中を話してくれた態度には好感が持てた。

いや——本当は、ヘルムート側の事情などどうでもいい。

だって、彼が好きなのだもの。

結婚するなら、ヘルムート以外考えられない。

同じ相手に愛のない結婚ならば、自分が好きな人と結婚できる方がずっといい。

これまで、誰かに翻弄されるだけの人生だった。だったら、愛する人に翻弄されたい。

長い間片想いだった。

だから、これからも片想いを貫けばいいだけだ。

フロレンティーナが押し黙っているので、ヘルムートは拒絶されたのかと思ったらしい。

彼はふいに上半身をしゃきっと起こし、それから額《ひたい》が膝《ひざ》に付きそうなほど深く頭を下げた。

「ご令嬢、伏してお願いする。どうか私と結婚してほしい。結婚の誓約は必ず果たそう。夫として、君だけに貞節を誓い、生涯守り大事にすると、誓う」

フロレンティーナはじっとヘルムートを見つめた。

生真面目で不器用で嘘のつけない人なのだ。

女性あしらいのうまい男性ならば、フロレンティーナの気持ちはわかっているのだから、甘い口説き文句の一つでもささやいて笑顔でも浮かべれば、ころっと参ってしまうのに。

フロレンティーナは、胸の奥が熱くなった。

これまでは、自分の想像の中の理想化されたヘルムートに恋してきたが、今、生身の彼の実像がはっきりとわかると、じわっと全身が甘く痺《しび》れるような愛情が湧き上がる。

この人を支えたい。

この人の夢をかなえて上げたい。

フロレンティーナは息を深く吐き、穏やかな声で答えた。

「公爵様。頭を上げてください。あなた様の正直なお言葉に、私は心打たれました」

ヘルムートがゆっくりと頭をもたげる。まっすぐ立つと、フロレンティーナは彼の胸辺りしか見えない。

ああ、背の高い人なのだわ——と、改めてしみじみ思う。

フロレンティーナはヘルムートの顔を見上げ、にっこりする。

「私の気持ちは最初から変わりません。公爵様、どうか私をお嫁さんにしてください」

ヘルムートは目を瞬く。

「いいのだね？」

フロレンティーナはこくんとうなずく。

「ありがとう、ご令嬢」

何か痛みを感じているような辛そうな表情だ。手前勝手な求婚をしたことで、フロレンティーナに後ろめたく思っているのかもしれない。

そんな顔をしないでほしい。

そうだ。

再会してから、一度もヘルムートの笑い顔を見たことがないことに気がつく。

十年前、幼い自分を慰めてくれた若い彼は、まだ優しい笑みを浮かべることができていたと思うのに。

浮ついた性格の人でないことはわかったが、なにかが彼の心のどこかを凍りつかせているように感じられる。堅苦しい表情に白皙の美貌も相まって、ヘルムートを冷たく近寄りがたい人に見せてしまう。

この人の笑顔はきっと極上だろう。笑えば、ヘルムートを何倍も素敵に見せるのに――。

いつか、この人が自分の前で心から笑えるように、そんな家庭を作ろう。そのためには、まず自分がいつもにこやかに笑っていよう。

フロレンティーナは努めて明るく振舞おうする。

「いやですわ、公爵様、ご令嬢だなんて他人行儀な。フロレンティーナ、と呼んでください」

ヘルムートはわずかに目の縁を赤く染める。

「うん、そうだな――では、フロレンティーナ」

自分の名前は、こんなにも甘く耳に心地よいものだったろうか。フロレンティーナは嬉しくて涙が出そうになる。

「はい、公爵様――あ、私もお名前をお呼びしてもよいでしょうか？」

「う、うん。かまわないぞ」

「はい、では――ヘルムート様」

初めて名前を呼ぶと、心臓が緊張でばくばくした。

ヘルムートはぎこちなくうなずいた。

「うん、フロレンティーナ」

「ヘルムート様」

二人の間に、ほっとするような柔らかな空気が流れた。


それからの日々は、怒涛《どとう》のように過ぎていった。

婚約が整うや否や、ヘルムートはテキパキと事を進めていく。

翌日には多額の支度金をアルトマン家に納め、養親たちを安心させ、フロレンティーナには、結納金と大きなダイヤモンドの付いた高額な婚約指輪を贈ってきた。

そして、一週間後にはバルツァー家の屋敷に夫婦の部屋を整え、立派な自家用の馬車で、フロレンティーナを迎えにきたのだ。

公爵以上の結婚には皇帝陛下の結婚許可状が必要なので、ヘルムートは先に新婚生活を始めてしまいたいと申し出た。

結婚式は、結婚許可状をいただいた後、念入りに準備をして盛大なものを計画するつもりであるということだ。

養親たちには異存《いぞん》はなかった。

フロレンティーナも、ヘルムートと早く夫婦になりたかったので、反対する理由はない。ただ、ヘルムートが事を急ぐのには、まだ口には出していない他の理由もあるような気がした。

そのかすかな疑問は胸に納め、フロレンティーナはヘルムートとともに、バルツァー家の屋敷の門をくぐったのである。

「ご当主様、お帰りなさいませ」

玄関前の広い階段の下で、ずらりとバルツァー家の使用人たちが並んで出迎えていた。

その最前列にいた、ひときわ威厳のある初老の執事がうやうやしく挨拶する。

ヘルムートの手を借りて、馬車から下り立ったフロレンティーナはその使用人たちの数の多さに目を丸くした。

いやそもそも、バルツァー家の屋敷自体が、まるでお城のように立派で大きくて、唖然《あぜん》としていたのだ。

中流階級の伯爵家で育ったフロレンティーナは、あまりの家の格の違いに、今さらながら衝撃を受けていた。

ずっとヘルムートのお嫁さんになるため、淑女としての嗜みを学び努力してきたつもりだが、はたして自分に、こんな格式高い家の女主人がつとまるものだろうか。

この日のために、いつもは吝嗇《りんしょく》な養親たちも、ドレスを新調してくれたのだが、使用人たちのお仕着せの方がぱりっとして、上等そうに見えてしまうほどだ。

フロレンティーナはたじたじになって、助けを求めるようにヘルムートを見上げた。

ヘルムートは安心させるように、さりげなくフロレンティーナの腰に手を回した。

「ガストン、皆、出迎え感謝する。この人が、私の妻となるフロレンティーナだ。十七になったばかりで、まだまだ若いので、皆、彼女を支えてやってほしい。フロレンティーナ、挨拶をしなさい。簡単でよいからね」

ヘルムートに促され、フロレンティーナは半歩前に進み出た。

「あの、あの……今日からお世話になります。フロ、フロレ――」

緊張が最高潮に達し、言葉がうまく出てこない。

「フロレン……ティーナで、す」

ぎこちなく一礼する。

頭を下げたまま、上げることができなかった。

羞恥でかあっと全身が熱くなった。

なんてみっともない。

これでは、ヘルムートにも使用人たちにも呆《あき》れられてしまう。

涙が溢れそうになる。

すると、

「なんて愛らしい、花のような奥方様でしょう」

と、ガストンと呼ばれた執事が、感嘆したような言葉を発した。

「これで、重苦しかった我がバルツァー家にも春が来ました。奥方様、よくぞおいでになりました。使用人一同、歓迎申し上げます」

フロレンティーナは、ぱっと顔を上げる。

ガストン始め、使用人たちは満面の笑みを浮かべている。

「あ……」

フロレンティーナは感激のあまり、緊張の糸が切れ、とうとう泣き出してしまう。

「よ、よろしく、お願い……ひっく、ふえ……ん」

ヘルムートがうろたえたようにフロレンティーナの背中を撫でた。

「どうした、フロレンティーナ。なぜ泣く？　皆、君を歓迎しているのだ。何も心配いらないのだ。泣くことはない」

彼は慌てて上着の内ポケットからハンカチを取り出し、フロレンティーナに差し出した。

受け取ったフロレンティーナは、ハンカチに顔を埋め、嗚咽をこらえようとする。

「う、うう……嬉しくて……泣けてしまいました……」

ヘルムートがますます困惑した声を出す。

「嬉しいと泣くのか？　女性というのは、そういうものなのか？　ガストン？」

ヘルムートが助けを乞うように、ガストンに目をやる。

老獪《ろうかい》そうな執事は、にやにやしている。

「さあて、どうでしょうか。それは、ご当主様がこれから学んでいかれればよいのではないでしょうか？」

すると、使用人たちも笑いを堪えている表情になる。

ヘルムートはムッとした表情で、ただフロレンティーナの背中を撫で続けた。

ヘルムートに伴われ、屋敷の中に入ったフロレンティーナは、室内の広さと豪華さに再び衝撃を受けてしまう。

階段も廊下も広くてピカピカに磨き上げられていて、アーチ型の天井は吹き抜けで、丸窓には高価なステンドグラスが嵌《は》め込まれている。廊下に飾られている格式高そうな甲冑《かっちゅう》や東洋の白磁の壺《つぼ》に目を丸くし、壁に掛けられている絵画はすべて高名な画家の手によるものだ。まるで、美術館に来たようで、フロレンティーナは思わずキョロキョロしてしまう。

「ここが玄関ロビーで、あちらが控えの間だ。この廊下の奥は書斎になっている。大食堂は一階にあるが、私専用の食堂は二階にある。客が来ない時には、大抵二階で食事を済ませている。

あ、そこの回廊から、使用人たちの住居エリアに入るから、君は立ち入らぬように。君の部屋は、三階の一番日当たりの良い部屋にした」

ヘルムートはテキパキと各部屋の案内などしていくが、あまりにも部屋数が多すぎて、フロレンティーナは頭が追いつかない。

繊細な調度品に触れないように注意したり、ふかふかの絨毯《じゅうたん》に足を取られないようにするだけでも、精いっぱいだ。

細かい彫刻を施した手摺《てすり》が美しい中央階段を上がって、やっと三階の部屋に辿《たど》り着《つ》いた時には、精根尽き果ててしまう。

「さあ、ここが君の新しい部屋だ。急遽《きゅうきょ》、模様替えをしたので、君が気に入らなかったら、言ってくれ」

重々しい樫《かし》の扉を押し開けながら、ヘルムートが声をかける。

「わあ……」

思わず声が漏れた。

高い飾り窓がいくつもある、明るく風通しの良い部屋だ。薔薇の透かし模様を織り込んだドレープの美しいカーテンが、開いた窓から入る風に柔らかく揺れている。

壁紙は淡いピンクの蔓薔薇《つるばら》模様で、家具も調度品にもなにかしらの薔薇のモチーフが施されている。使用人用の控え室、居間、寝室、浴室、衣装部屋——まるで高級ホテルのようになにもかも揃《そろ》っている。これが急ごしらえの部屋だとはとても思えない。

フロレンティーナが無言でいるので、ヘルムートは少し怖い顔をして顔を覗き込んだ。

「気に入らなかったかな？」

彼が気を悪くしたのかと思い、フロレンティーナは慌てて首をブンブン横に振る。

「とんでもありません！　あまりに素晴らしくて、言葉を失ってしまいました」

「それは良かった。では、私はまだ仕事があるので、一度皇城に上がらねばならない。晩餐《ばんさん》には戻るので、それまでは侍女たちや執事長のガストンに、気兼ねなくなんでも命令するがいい。では——」

ヘルムートは堅苦しく一礼すると、踵を返した。

「あ、お気をつけて——」

最後まで言い終わらないうちに、ヘルムートは足早に廊下から中央階段を下りていってしまう。

「……ふう……」

フロレンティーナは、急に全身の力が抜けてしまい、ソファに腰を落とした。ふかふかのクッションのソファに、小さな身体が沈み込んだ。

まだ夢の中にいるみたいだ。

憧れのヘルムートに求婚され、彼の屋敷にいることが、現実味がない。

どうしてだろう。

もしかしたら、お客様扱いされたからだろうか。

ヘルムートは終始、礼儀正しいけれど堅苦しい態度を崩さない。

もちろん、彼がフロレンティーナのことを愛してはいないのだから、甘い言葉や仕草を期待してはいけないのだ。でも——。

少しだけ、心がすうすうと寒い。

好きな人のすぐ側にいて、片想いを続けていくのは大変なのだ、とフロレンティーナは改めて身に染みた。

「だめだめ、フロレンティーナ。これから頑張って、ヘルムート様に好かれるように努力すればいいのよ。そうよ、元気を出すの」

フロレンティーナは、ぱしぱしと両手で自分の頬を叩《たた》いて気合いを入れた。

「ふう——」

中央階段を降り切ると、ヘルムートはぐたりと手摺にもたれて大きくため息をついた。

背中にじっとりと冷や汗をかいているのに気がつく。

おもむろに、自分の大きな手を見つめた。

掌《てのひら》に、フロレンティーナの背中の感触がまだ残っている。

なんて薄い背中だったろう。

小さい。

何もかも小さい。

掌に載りそうな小顔、折れそうな細い腰、腕などヘルムートがちょっと強く引っ張ったらすっぽり抜けてしまいそうなほど華奢《きやしや》だ。

体格のいい自分と比べて、まるでガラス細工の人形のようだ。

容姿だけではない。

笑っていたかと思えば、いきなり泣き出す。悲しいのかと思えば、嬉しいと答える。部屋を見て不機嫌そうに黙り込むのに、とても気に入ったと言う。

これまで、経済の仕事一筋で、女性との関わりを避けて来たヘルムートにとって、初々しく若い乙女の心の機微など、わかりようもない。

どう対処していいのか、お手上げだ。

フロレンティーナを首尾よくこの屋敷に迎え入れたまでは、うまくやれたが、これから先あのいたいけな娘と、夫婦としてやっていけるだろうか。

「想像以上の、素敵なご令嬢ではありませんか」

不意に背後からガストンに声をかけられ、ヘルムートは素早く気を取り直した。

「う、うん、そうだな。少し、喜怒哀楽が激しいようだが——」

咳払いをしながら答える。

ガストンはわずかに肩を竦《すく》めた。

「とても情感の豊かなお方で、偏屈で真面目一方のご当主様には、ぴったりでございますよ」

皮肉交じりの言い方に、ヘルムートはムッとする。

「偏屈で悪かったな。これでも私は、自分の独身主義の信条を曲げたのだぞ」

ガストンはしれっと返す。

「照れ隠しをなさらなくても、ようございますよ。あんな天使のようなご令嬢でしたら、どんな殿方でも心を奪われてしまいますよ」

ヘルムートは、にわかに体温が上がるような気がした。

「ガストン、言葉を慎《つつし》め」

語気を強めても、老獪な執事には蛙《かえる》の面に水の態だ。

ガストンは、子どもにでも言い聞かせるみたいに言葉を続ける。

「ようございますか？　まずはそのように、上から怒鳴るような物言いは、決して奥方様にはなさらぬように。長年お仕えしてきた私には、ご当主様に悪意ないのだとわかっておりますが、お若い奥様にはご理解できませんでしょう。とにかく、まずご当主様が口をきくより、奥方様のお話を先にお聞きになることです。いいですね？　奥方様がお気を悪くして、里帰りでもされたら、我がバルツァー家の一大事でございますからね」

「里帰り？　今日、来たばかりだぞ？」

「ですから、最初が肝心だと、申し上げております」

ヘルムートは、なんだか自分の幼少時代に戻ってしまったような気になった。

少年の頃、ガストンは常にこうやって、ヘルムートに真摯で的確なアドバイスをしてくれたものだ。ここは、ガストンの言葉に従う方がいいのかもしれない。

しかし、流石《さすが》にいい歳をして癪《しゃく》だ。

ヘルムートはしゃきっと背筋を伸ばし、重々しく言う。

「うん、一意見として、聞いておく。晩餐は、フロレンティーナの好きなものを出すよう、侍女に言い含めておくように」

「御意」

ガストンは含み笑いをしながら頭を下げた。

ふかふかのソファの上で、ついうたた寝をしてしまったようだ。

コツコツと扉をノックする音で、ハッと目が覚めた。

「失礼いたします。奥方様」

落ち着いた女性の声とともに、扉が開く。

「あ、はい」

慌てて背筋を伸ばして、ソファに座りなおした。

侍女のお仕着せに身を包んだ、きりりとした雰囲気の中年の女性が、背後に数名の若い侍女を従えて入ってくる。

「初めまして奥方様。本日より奥方様付きの侍女頭になりました、アンネでございます。このお屋敷での勤務は三十年になりますので、なんなりとわからないことは、私にお聞きくださいませ」

背が高く白髪交じりの顔は柔和で、もし自分の母が存命なら、こんな感じの人かもしれないと思わせる包容力がある。

フロレンティーナはぱっと立ち上がり、頭をぺこりと下げた。

「フロレンティーナです。私、このお屋敷のことはまだ何もわからないので、どうかよろしくお願いします！」

アンネがにっこりする。

「まあ、なんてお可愛らしいお方でしょうね。そんなに遠慮なさらず、この家の女主人として、堂々となさってよろしいのですよ」

使用人に対してちょっと威厳がなかったかもしれないと、顔が赤くなる。

けれど、これまで誰かに親身になってもらったことがなかったので、アンネの心を込めた言葉は胸に沁《し》みたのだ。フロレンティーナはさっとアンネの手を取ると、背の高い彼女の顔をひたと見上げて言った。

「アンネ、私、ヘルムート様の妻として、せいいっぱいお仕えしたいの。あの方の夢のために、力になりたい、お役に立ちたい。だから、どうか協力してちょうだい」

アンネは目を瞬いてこちらを見返す。そして、わずかに握られた手に力を込めた。

「かしこまりました。このアンネ、侍女一同、全力で奥方様をサポートさせていただきます。まずは、沐浴《もくよく》しお召し替えし、うんと綺麗になってご当主様を驚かせて差し上げましょうね」

アンネを始め侍女たちは、一斉にうなずいた。

一方で。

皇城に上がったヘルムートは、皇帝シュッツガル四世と謁見をしていた。

「そうか！　ついに貴殿も結婚を決意したか。これはめでたい」

ヘルムートからの婚約成立の報告を受けたシュッツガル四世は、満面の笑みになった。

「は、恐縮でございます」

シュッツガル四世は玉座から乗り出さんばかりになる。

「うむ、貴殿が選んだのだから、さぞや美しく賢い女性あろうが、まずは、時期を見てその女性を私に目通りせよ。貴殿にふさわしい女性かどうか、私が直《じか》に見極め、それから結婚許可状を出す。挙式には無論、私たち夫婦が立会人になろうぞ」

ヘルムートは下げていた頭をさらに低くする。

「これは——身に余る光栄です」

「結婚の暁には、貴殿は晴れて経済大臣となろう。さらなる忠誠を、期待しておる」

「御意」

シュッツガル四世との謁見を終え廊下を歩きながら、ヘルムートは胸の高まりを抑えきれなかった。

ついに、望む地位を手に入れられる。長年の夢が叶《かな》うのだ。

このことを、早速フロレンティーナに伝えよう。ヘルムートの夢の支えになりたいと、熱を込めて語った彼女のことだ。どんなに目を輝かせて喜ぶことだろう。
・その時、ふとヘルムートは、地位を約束されて気持ちが高揚しているのか、フロレンティーナの喜ぶ顔を想像して胸が躍っているのか、わからなくなっているのに気が付く。
「――バルツァー公爵殿、陛下から謁見を賜《たまわ》ったようですな」

がらがらした野太い声がかけられた。

ぼんやりしていたヘルムートは、さっと気持ちを引き締める。

廊下の向こうから、瘦せぎすの中年貴族が近づいてくる。貴族議員の証《あかし》の濃紺のマントを羽織り、上着にじゃらじゃらと勲章を付けている。

「ゴッドヘルト公爵、ごきげんよう」

ヘルムートが挨拶するが、ゴッドヘルト伯爵はそれには答えず、さっと脇を通り過ぎた。すれ違いざま、彼は低い声でささやく。

「皇帝陛下に取り入る手腕、私も見習いたいものだ」

悪意のこもった言葉に、ヘルムートは眉を顰める。

ゴッドヘルト公爵は、代々貴族議員の出の家柄で世襲議員である。財務省に勤務し同僚にあたるが、地位はヘルムートの方が上だ。以前から、ゴッドヘルト公爵は、年若いヘルムートがどんどん出世していくのを快く思っていないことは感じていた。

しかし、ヘルムートからすれば、正直、世襲で地位を得ただけでろくに仕事もできないゴッドヘルト公爵は眼中にはない。

それより、一刻も早く帰って、良い知らせをフロレンティーナに知らせたいと気持ちが逸っていた。


「奥方様、奥方様。ご当主様がお帰りになりましたよ」

身支度を調えて居間で休んでいたフロレンティーナの元に、アンネが慌ただしく知らせに来た。

「まあまあ普段よりお早いお戻りで──やはり、奥方様のお顔を見たい一心でございましょう」

アンネの言葉に、フロレンティーナは頬に血が上るのを感じる。

「ヘルムート様に限って、そんな浮ついたことはないと思うわ」

控えめに答えると、ふいにアンネがキッとなる。

「奥方様、そのような他人行儀な言い方はよろしくございません。ご夫婦になられるのですから、もっと愛着のある呼び方をなさいまし。『旦那様』でございますよ」

「え？　だ、旦那様……？　そんなの、偉そうじゃない？」

恥ずかしさに心臓がドキドキする。

「ちっとも」

アンネが力強く請け合う。

フロレンティーナはこくりとうなずいた。

アンネと侍女たちが選んでくれた、薄紫のノースリーブのナイトドレスの裾を捌《さば》きながら、中央階段をゆっくり下りていく。こんな大人びたドレスを着るのは初めてで、似合っているのかもわからず、緊張してしまう。

ヘルムートに気に入ってもらえるだろうか。

玄関ロビーで、ヘルムートが出迎えたガストンに何やら話し込んでいる。こちらに気がつかないようだ。

フロレンティーナは高鳴る心臓を抑え、何度も深呼吸し、声を発した。

「お帰りなさいませ、旦那様」

ぱっとヘルムートがこちらを見上げた。

彼の表情が固まっているので、フロレンティーナは怯《おび》えてしまう。

やはり、こんな呼び方は馴《な》れ馴《な》れし過ぎたろうか。それとも、ドレスの着こなしがいまいちだったのだろうか。

無言で見つめているヘルムートの視線を意識しながら、階段を下りきって、彼に近づいた。

自分が失敗したかと思い、怖くて泣きそうになってしまうが、思い切ってもう一度繰り返す。

「お帰りなさいませ、旦那様……」

ヘルムートはハッと夢から覚めたような表情になった。

彼は咳払いして、答えた。

「う、うん」

それきり押し黙り、こちらを凝視しているので、フロレンティーナはうろたえながらも彼を見上げた。怖いけれど、悪いところがあったら、言ってもらおう。

「あ、あの……このドレス、お気に召しませんでしたか？」

ヘルムートは怒ったような顔で答える。

「良く似合っている」

ほっとして、さらに言い募る。

「髪型はいかがですか？」

「良い」

「あの、ええと……旦那様」

そっけないヘルムートの物言いに、言葉に詰まってしまう。

するとに傍から、助け船を出すようにガストンが口添えした。

「奥方様、ご当主様は少しお疲れのようですので、お部屋にご案内して、ご一緒に晩餐までお寛《くつろ》ぎなさってもらうとよいでしょう」

フロレンティーナは慌てて両手を差し出した。

「は、はい、では、旦那様、上着をお預かりします」

「う、うん」

ヘルムートは機械的に上着を脱ぎ、フロレンティーナに手渡す。

「で、では、お部屋に行きましょう」

「うん」

先に階段を上り始めたフロレンティーナの後から、ヘルムートは素直に従ったので、ほっとした。

フロレンティーナに従っていたアンネは、ガストンとなにやらひそひそ話をしているようだ。

二人が忍び笑いをしているように聞こえ、ガストンの指示でやっと動けた自分に恥ずかしくなった。

こういうことは、妻の自分が言われる前に気働きするべきだった。

だからヘルムートは、気を悪くしたような表情になったのだ。

背後のヘルムートの気配を感じながら、フロレンティーナは夫婦のことをひとつひとつ覚えていかねばならないと、気持ちを奮《ふる》い立たせる。

ヘルムートの私室まで辿り着き、扉を開き先に彼を通した。

居間に立ち尽くしているヘルムートの背後に回り、チョッキを脱ぐのを手伝おうとしたが、彼が反応しない。

「あの……旦那様、チョッキを――」

おずおずと声をかけると、ヘルムートはスイッチが入ったみたいに手を動かし始めた。

チョッキを脱がせ、ネクタイを外し、服をクローゼットに片付けて、少し考えてから、一枚の上着を手にして戻ると、ヘルムートは考え事をしている顔でソファに座っていた。

「旦那様……少し、いいですか？」

「うん――なんだ？」

ヘルムートが我に返ったように、こちらに顔を向けた。

フロレンティーナは、腕にかけていた男性用の上着を広げてみせる。

「この上着を、覚えておられますか？」

ヘルムートがまじまじと上着を見る。

「少しデザインが古臭いな。その上着がどうしたのだね？」

「これ——昔、旦那様が叔母のお墓で泣いている私に、着せ掛けてくださったものです」

「ああ、そんなこともしたな。ずっと取ってあったのかい？」

「はい。いつかバルツァー家にお嫁にきたら、お返ししようと、毎年虫干しをし、ブラシをかけて大事にしておりました」

ヘルムートが目を瞬く。

フロレンティーナは愛《いと》おしげに上着を撫で、ヘルムートに近づくと、背後から彼に上着を着せかけた。

「まあ、まだサイズがぴったりだわ。旦那様はずっとスマートなままなのですね」

はしゃいだ声を出すと、ヘルムートがこわばった表情で上着にそっと触れた。フロレンティーナは、古着なんか着せかけて、彼が気を悪くしたかと思った。

「あの……すみません。流行遅れの上着なんか出してきて——あの、もう仕舞いますから」

フロレンティーナは、急いでヘルムートの肩から上着を脱がせ、そそくさとクローゼットへ向かい、一番奥の衣掛けに上着を掛けて押し込んだ。

そうしながら、自分の浅はかさを呪う。

自分が嬉しいと、ヘルムートも嬉しいと勘違いしてしまう。相手の気持ちを第一に考えなければいけない。軽率な言動は慎むべきだ。

クローゼットの扉を閉め、戻ってくると、ヘルムートはこちらをじっと見ていた。気まずくてならない。

「では、晩餐まで私はこれで失礼します」

ぺこりと頭を下げ、部屋を出て行こうとすると、やにわに声をかけられた。

「フロレンティーナ、こちらにおいで」

「あ、はい」

なにかまた至らぬことをしたのだろうか。

ドキドキしながら、ソファに歩み寄る。立っていると、ヘルムートがソファの自分の横を指で示した。

「ここに座って」

「はい」

ちょこんとヘルムートの隣に腰を下ろし、なにを叱られるのかと緊張して言葉を待った。

すると、そろそろとヘルムートの大きな手が伸びてきて、自分の手を取った。彼はフロレンティーナの小さな手を、ゆっくりと撫でる。その感触があまりに心地よくて、フロレンティーナは心が甘く解《ほぐ》れてくるのを感じた。

「その——」

ヘルムートはこちらに横顔を向けたまま、なにか言葉を探している。

じっと待っていると、彼はぼそりと言った。

「皇帝陛下から、経済大臣のポストを確約していただけた」

フロレンティーナは、ぱあっと胸が熱くなり、思わずヘルムートの首に抱きついてしまった。

「ああ！　おめでとうございます！　おめでとうございます！　良かったです、ああ本当によかった！」

ヘルムートは強張った表情で、わずかに目の縁を赤く染めた。

「君のおかげだ」

「いいえ、いいえ。旦那様のお力です。私なんて、なにもしていません！」

初めてヘルムートの役に立ったようで、嬉しくて気持ちが浮き立った。

ヘルムートの大きな両手がゆっくりと背中に回り、壊れ物でもあつかうみたいにふわりと抱きかかえてきた。

「——フロレンティーナ」

耳元で艶めいた低い声で名前を呼ばれ、やっと我に返る。

「あ、私ったら——あんまり嬉しくて……」

女性から男性に抱きつくなど、はしたない行為だ。

慌てて身を引こうとするが、ヘルムートは腕を解いてくれない。

「あ、あの……旦那様、は、離してください」

そっと両手で彼の胸を押しやろうとした。

しかし彼は、フロレンティーナの髪の毛に顔を埋めるようにして、逆に強く抱きしめてくる。

「あ……苦し……」

胸がヘルムートの厚い胸板に強く押し潰されて、息ができない。彼の力強く早い鼓動が、直にフロレンティーナの身体に響いてきて、自分の脈動まで速まってくる。ヘルムートの体温が徐々に上がっていくようで、フロレンティーナの胸がきゅうんと甘く痺れた。

二人は無言でぴったりと抱き合っていた。

やがて、ヘルムートがくぐもった声で言う。

「良い響きだな」

「はい？」

「君に『旦那様』と呼ばれると、不思議に私の気持ちがざわつく」

「あ、あのっ、アンネにそうお呼びした方がよいと助言されて——あの、あの、馴れ馴れしすぎましたでしょうか？」

ヘルムートがようやく腕を緩め、抱擁から解放してくれた。

「いや――そのままでいい」

彼は今まで見たこともない色っぽい表情で、じっと見下ろしてくる。

そんな眼差しで見られると、さらに心臓がばくばくして、呼吸が乱れてしまう。緊張とは違う、なにか妖しい興奮がフロレンティーナを包む。

「フロレンティーナ」

ヘルムートの両手がそっと顔を包んだ。そしてゆっくり上向かせる。

「あ」

ヘルムートの美麗な顔が寄せられたかと思うと、唇が重なった。

しっとりと温かい唇の感触に、口づけされたのだと気がつく。

「……ん」

生まれて初めての、異性からの口づけ。

思わず目を閉じて、身体を硬直させ、息を詰めてしまう。心臓が壊れそうな勢いで動悸《どうき》が激しくなる。

ヘルムートは顔の角度を変えては、撫でるような口づけを繰り返す。

口づけのあまりの心地よさに全身が甘く痺れ、フロレンティーナの強張っていた全身から、徐々に力が抜けていく。大好きなヘルムートに口づけされていると思うと、夢のようで頭がぼんやり霞《かす》んでくる。

ふいに、ぬるっと唇を舐《な》められ、びくっと背中が震えた。

「あ、んっ？」

驚いて声を上げしまう。口唇が開くと、ヘルムートの舌がするりと忍び込んできた。

「んんっ、ん……ぅ」

こんな口づけがあるのかとうろたえているうちに、男の分厚く濡れた舌が歯列を辿り、口蓋から喉奥までたっぷりと舐《な》め回《まわ》してきた。

最後に、怯えて縮こまっていたフロレンティーナの舌を絡め取り、ちゅうっと音を立てて強く吸い上げてきた。

「んんっ……」

直後、未知の甘い痺れがうなじのあたりから背中に走り抜け、ぞくぞく腰が慄《わなな》いた。

「……ふぁ、あ、だめ……ぇ」

頭がくらくらして、少し怖くなり、首を振って逃れようとしたが、ヘルムートの片手が後頭部に回り、がっちりと固定してしまう。

「んぅ……んぅう、んんん……っ」

くちゅくちゅと舌が擦れ合う猥りがましい音が耳奥に響き、舌先を軽く噛《か》まれると背中の甘い震えが止まらなくなり、意識が遠のいていく。気を失わないようにと、夢中になってヘルムートのシャツにしがみついた。シャツにめり込む指先まで甘く痺れて、力が抜けてしまう。

「……んゃ……あ、あふ……ぁ、はぁ……」

嚥下《えんか》できない唾液が口の端から溢れてくる。

ヘルムートがそれを音を立てて啜《すす》り上げる。

頭を抱えている指先が、そろりと耳の後ろを撫でてくる。擽《くすぐ》ったいのに、淫らな悦《よろこ》びに肩が震え、下腹部の奥がじわりと熱くなってきた。

それは、フロレンティーナが今まで夢見がちに想像していた口づけとは、まったく違うものだった。

大人の口づけだ。

夫婦の口づけだ。

こんなにも情熱的でこんなにも深くて、いやらしいのに甘く感じ入ってしまい、止めて欲しくないと思ってしまう。

「……んぅ、んふぅ……ふぁ……んん」

やがて四肢の力が抜けてしまい、フロレンティーナはヘルムートのなすがままに口腔《こうこう》を貪ら

れていた。

長い長い口づけから解放された時には、フロレンティーナは息も絶え絶えになり、ぐったりとヘルムートの胸に身をもたせかけていた。

「フロレンティーナ、フロレンティーナ」

掠《かす》れた声で名前を呼びながら、ヘルムートはフロレンティーナの火照った額や目尻、頬に、触れるだけの口づけを繰り返した。その感触にすら、身体の芯が甘く震えてしまう。

「……あ、ぁあ……旦那様……ぁ」

まだ霞《かすみ》のかかってぼんやりしているが、潤んだ瞳で見上げると、そこには見たこともない熱っぽい表情のヘルムートがいる。その妖艶な眼差しに、フロレンティーナの心臓がばくりと跳ね上がった。

「いとけないフロレンティーナ——夫婦になる証《あかし》を、君に求めてもいいものか?」

フロレンティーナに尋ねるというより、自問自答しているよう。

ヘルムートの長い指先が、フロレンティーナの髪を撫で梳《す》く。彼に触れられると、ひどく心地よい。

夫婦になる証。

初心《うぶ》なフロレンティーナだって、夫婦になるということがどんなことかは知っている。

いや、ヘルムートのお嫁さんになるために、なんでも学んできたのだ。

恥ずかしいけれど、閨《ねや》の営みのことだってわかっているつもりだ。

初めてを捧《ささ》げるのはヘルムートしかいないと、ずっと思ってきた。

ヘルムートが夫婦の行為にためらっているのは、愛していない女性と結ばれてもいいものかと、フロレンティーナに遠慮しているのかもしれない。

でも、そんなの違う。

フロレンティーナは、身も心もヘルムートのものになりたい。

口づけがこんなにも素敵なものならば、その先の行為だって、きっと素晴らしいものに違いない。

フロレンティーナは、勇気を奮って言った。

「旦那様……私、旦那様だけのものになりたいです。ぜんぜん、怖くないです」

ひたと見つめると、ヘルムートが喉奥でぐうっと呻《うめ》くような声を出す。

「だが――華奢な君を壊してしまいそうで――」

ああ、体格差を気にしているか。

フロレンティーナは余裕のあるそぶりをする。

「大丈夫です。私、夫婦の営みのこともちゃんと学んできました」

「え、ええと……実家で、恋人のいる侍女たちにこっそりと聞きました。恥ずかしかったけれど、お嫁さんになるにはなんでも心得ておかねばいけないと思って……」

「学んだ？　どこで？」

ヘルムートの顔が少し緩んだ。

「侍女たちは、どんなことを教えてくれたのだね？」

フロレンティーナは、試験に答えるみたいに必死で記憶を辿る。

「ええと、ええと――男女が裸になって、一緒に寝るんです。それで、それで、あれこれあって……子どもができるんです」

口にすると、恥ずかしさに顔から火が出そうになった。

ヘルムートの口の端が、わずかに持ち上がって面白そうな表情になる。

「そうか、侍女たちも、さすがにご令嬢に対しては、気を遣ったのだろうな。フロレンティーナ、そのあれこれ、が重要なのだがね」

フロレンティーナはしゅんとなる。

「ごめんなさい――無知で」

「いいや、君がいつでもなんでも、一生懸命だということがよくわかったよ――もしかしたら、そのあれこれが、恥ずかしくて痛くて辛い行為かもしれなくても？　それでも？」

ぐっとヘルムートの顔が迫ってきた。

フロレンティーナは息が止まりそうなほど緊張する。けれど、恐怖はない。

こくんとうなずく。

「はい……だって、ずっと私の夢でした。旦那様だけのものになるのが。それに、旦那様が私に、そんなひどいことをするはずがないですもの」

無垢な瞳で見つめると、ヘルムートの顔が曇った。

「そこまで信じてくれているのか——では、少しだけ、慣らしておこう。その、予行演習のようなものだ」

「よ、予行演習ですか？」

「うん、少しでも君に負担をかけぬよう、ほぐしておこう——性急に君と結ばれようとは思わない。心配しなくてもいい、最後まではせぬから、抵抗しないでくれるね？」

「は、はい……」

ヘルムートが顔を寄せ、そっと口づけしてきた。

「ん……」

彼のしっとりした唇の感触は、一度覚えてしまうと何度でも欲しくなる。鳥肌が立つようなぞくぞくした刺激が、心地よくてたまらない。際限なく口づけしてほしいと思ってしまう。

ヘルムートは小鳥の啄ばみのような口づけを仕掛けながら、フロレンティーナの首筋から肩、二の腕と撫で下ろしてくる。擽ったくて、身を竦ませてしまう。

と、彼の大きな手が、そっとフロレンティーナの胸をまさぐってきた。

「あっ……」

びくんと背中が震えた。一瞬ヘルムートの動きが止まるが、そのまま乳房をまろみを確かめるみたいにやわやわと揉《も》み込《こ》んでくる。同時に、ぬるっと彼の舌が忍び込んできて、喉奥まで押し入って、舌の付け根を甘く噛んだ。

「んぅ、んんっ」

息苦しくてうめき声を上げたが、ヘルムートはかまわず、フロレンティーナの舌を舐めたり噛んだり吸ったりしてくる。深い口づけに肌が粟立ち、たちまち意識がぼんやりして、体温が上がってくる。

意識がヘルムートの舌の動きにとらわれている間に、胸を揉んでいた彼の指先が、服地越しに乳首を探り当て、爪先で引っ掻《か》くようにいじってくる。

ちりっと甘く灼《や》けつくような快感が乳房の先端から下腹部の奥に走った。

「あっ？　は、あぁ？」

未知の刺激に怯え、フロレンティーナは身を捩《よじ》った。

だがヘルムートは舌を強く絡め、服の上から乳首を擦り続ける。みるみる乳首が硬く尖って、服地を押し上げてくる。

ヘルムートは凝ってきた乳首を、さらにきゅうっと指先で摘んだ。

「つっ、ぁっ？」

一瞬走った痛みは、すぐに熱くじんじんした刺激に変わり、疼《うず》く乳首をさらに円を描くように撫《な》で回されると、どうしようもなく甘く感じ入ってしまう。

「あぁ……ぁ？」

痛痒《いたがゆ》く痺れる刺激がひっきりなしに子宮を襲い、フロレンティーナの恥ずかしい部分がざわめいてきた。どうしてそんなふうになるのかわからないけれど、居ても立ってもいられない気持ちになって、腰がもじついてしまう。

「……ぁ、ふぁ……ぁあ……」

息が乱れ、なんだか恥ずかしい鼻声が漏れてしまう。身体がかっかと火照ってくるようだ。

乳房を撫で回しながら、ヘルムートのもう片方の手が、そろそろとスカートを捲《めく》ってきた。

「んんっ」

絹の靴下に包まれた足が、外気にさらされてさっと鳥肌が立ち、その足をヘルムートの長い指がゆっくりと上に這《は》い上ってきた。

ドロワーズ越しに内腿《うちもも》を撫でられると、ぞくぞく肌が震える。彼の指が、さらに奥を目指そうと、ドロワーズの裂け目に潜り込んでくる。

「ぁやっ、だめ……っ」

恥ずかしい部分に触れられそうになって、処女の本能的恐怖で思わず腰を引こうとした。

「だ、め、だめ……っ」

くぐもった声で訴えると、唇を離したヘルムートが、熱っぽい眼差しで見つめてくる。

「抵抗しないと約束した、だいじょうぶ、慣らすだけだから」

掠れた低い声でささやかれると、下肢が蕩《とろ》けそうなほど感じ入ってしまう。ヘルムートの響きの良いバリトンの声は、それだけで甘い愛撫《あいぶ》のようだ。

じっとしていると、ドロワーズに潜り込んだヘルムートの指が、フロレンティーナの薄い恥毛をさわさわと撫でた。

自分でも触れたこともないあらぬ部分を、まさぐられている。緊張感が増してくる。

フロレンティーナの身体が強張ってきたのを感じ取ったのか、ヘルムートは服の上から胸に顔を寄せてきた。

「はあっ……っ」

尖った乳首を、布ごと咥《くわ》え込まれ、ちゅうっと吸い上げられた。

じぃんと痺れる甘い刺激に、腰がひくんと浮く。

「あ、だめ、そんなところ、舐めちゃ……」

うろたえているうちに、唾液で濡れてくっきりと浮かび上がってきた乳首を、ヘルムートはかしりと噛んだ。

「ひぁっ」

鋭い痛みに悲鳴を上げると、すぐに熱い舌先がそこを優しく舐め回した。

「あ、はぁ、あ……あぁ、ぁ」

じんじんした痛みが、たちまち落ち着かない甘い刺激にすり替わり、どういう仕組みなのか、膣奥がきゅんきゅんと収縮する。

乳首の刺激に気を取られているうちに、恥部に潜り込んでいたヘルムートの指が、そろりと割れ目を撫でてきた。

「きゃあっ、あ、あ」

驚きと同時に、下肢がびくりと戦慄《わなな》いた。

直後、ちゅっと乳首を吸い上げられて、媚肉にじぃんと甘い快感が走った。

花弁を撫でていたヘルムートの指が、ぬるっと滑ったような気がした。

「……濡れてきたね」

胸にむしゃぶりつきながら、ヘルムートが密《ひそ》やかな声を出す。

「え？　濡れ……？」

自分の身体になにが起こっているのかわからない。

割れ目をヘルムートの指先がぬるぬると往復する。

擽ったいような痺れるような、もどかしい疼《うず》きが湧き上がる。

「や、だめ……ぁ、だめ、旦那様……」

乳首と割れ目と、どちらに気を向けていいかわからない。息が乱れ、動悸が激しくなり、未知の快感に怯えて、目を瞑《つぶ》ってしまう。でも、目を閉じるとさらに感覚が鋭敏になり、ヘルムートの舌の動きや指の感触が、生々しく迫ってきた。

「だめ、もう触らないで……ぁ、あぁ……」

ヘルムートの指が、慎《つつ》ましく閉じた花弁を押し開くような動きをした。とろりと奥から何かが溢れてくるのがわかった。

これが濡れているということ？

もしかして、月のものが始まってしまったのか？

そんな粗相をするなんて、最悪だ。

フロレンティーナは力の抜けた両手で、胸もとのヘルムートの頭を押しやろうとした。

「待って、待ってください……私、濡らしてしまって……汚れてしまいます」

必死で訴えたが、ヘルムートは乳首を舐めるのも、花弁をいじるのもやめてくれない。

「だいじょうぶ、ああ、どんどん溢れてくるね」

ヘルムートが歌うような口調で言う。

「フロレンティーナ、見てごらん」

彼はそっと指を抜き、それをフロレンティーナの目の前にかざした。

粘ついた透明な液体が指の間に、淫らな糸を引いていた。ぷんと甘酸っぱい、いやらしい匂いもする。

「ほらごらん。穢《きたな》いものではないだろう？　君が私に触れられて、悦んでいる証拠だよ」

フロレンティーナは目を見開いた。

自分の中から、そんな恥ずかしい液体が溢れてくるなんて、信じられない。

呆然としていると、ヘルムートは再び陰唇に指を潜り込ませ、ぬるぬる擦る。その動きが心地よくて、拒むことができない。

「はぁ、ぁ、は……ぁあ……」

さらに何かが溢れてきて、蜜口の浅瀬を行き交う指が、くちゅくちゅと濫《みだ》らな水音を立てた。

「やぁ、だめ、指……あ、そんなに……は、あぁ、あ……」

怖いはずのなのに、疼いていた媚肉を掻《か》き回されると、ぞわぞわした甘い悪寒のような痺れが腰を満たし、もっとしてほしいような淫らな欲求が生まれてきた。

「可愛い素直な身体だ。とてもいいね——ここは、感じるか？」

ヘルムートはそう言いながら溢れた淫蜜を指で掬《すく》い取《と》り、割れ目の上辺におもむろに触れてきた。

ぬるっと硬い指先がどこかに触れた時、雷にでも打たれたような衝撃がそこから脳芯まで、一気に駆け抜けた。

「ひゃぅっ？」

刹那、フロレンティーナの腰がびくんと大きく跳ねた。

自分に何が起こったのかわからない。

ヘルムートの指先が、探り当てた引っかかるような小さな突起を、ぬめぬめと撫で回した。

「あっ？　あ、あ、あっ、やだっ……っ」

身体中にびりびりした甘い痺れが走り、凄《すさ》まじい刺激に四肢が突っ張る。

怖いのに気持ちいい、気持ちいいけれど怖い。

「だめ、だめぇ、そこ、だめ、だめです……っ」

自分が自分でなくなりそうなくらいの強烈な快感に、がくがくと腰が痙攣《けいれん》するのを止められない。

「だめではなく、いい、だろう？　ここが女性が一番敏感に感じてしまう場所だという。フロレンティーナ、ぷっくり膨れてこりこりに凝ってきたね。もっと触ってあげよう」

ヘルムートは突起の包皮を捲って、剝《む》き出しになった花芯を濡れた指の腹で円を描くように撫で回してきた。

「うぁっ、あ、あ、やめてぇ……おかしく……あ、ぁ、あ、やだぁ……っ」

耐えきれない愉悦に思わず腰を引こうとしたが、ヘルムートは背中に手を回して、身動きできないようにし、そのままそこを擦り続ける。

「あっ、あ、あ、だめ……なにか……あぁ、おかしくなって、あぁ、いやぁん」

こんなはしたない嬌声《きようせい》を上げているのが自分だなんて、信じられない。でも、声を抑えると気が遠くなりそうで、艶《なまめ》かしい喘《あえ》ぎ声を止められない。

頭の中でチカチカ火花が散り、感じすぎて眦《まなじり》から涙がポロポロ零《こぼ》れた。

子宮のあたりがきゅうっと締まり、何かを締め付けたいような飢えが襲ってくる。

「感じている君は、とても可愛いね。ああ、私を受け入れる場所が物欲しげにひくひくしている。もっと欲しいかい？」

ヘルムートが耳元で密やかにささやき、親指で秘玉をいじりながら、骨ばった人差し指がぬくりと媚肉の狭間《はざま》に押し入ってきた。

「あっ？　あ、指……やだ……あ、あぁ」

体内に異物が侵入してくる不可思議な感覚に、心臓がバクリと震える。

「狭いね——少しでも拡《ひろ》げておこう。君が挿入に耐えられるように」

濡れそぼった隘路《あいろ》を、長い指先がゆっくりと侵入してきた。

「あ、あ……あぁ？」

人差し指が根元まで押し入った。

膣壁は、それを喜ぶみたいにきゅうきゅう収斂《しゅうれん》して、指を締め付けてしまう。

「まだ、挿入《はい》りそうだね」

いつの間にか指が増えて、中指と人差し指の二本が、隘路を押し広げて入ってくる。

「……あ、ぁ、あ、そんな……挿入っちゃう……」

フロレンティーナは息を詰める。怖いのに、突起を撫で回されているので、その激烈な快感に、案外あっさりと受け入れてしまう。

「二本、挿入った——痛むか？」

「い、いえ……でも、なんだか、変な感じ……で」

熱く熟れた媚肉は、ひんやりした男の指を嬉しげに喰む。

「今は、君だけをよくしてあげよう」

ヘルムートの息がわずかに乱れているようだ。彼はゆっくりと指を抜き差し始める。

「ん、んん……んぁ、あ……ぁ」

うねる膣壁をそうやって擦られると、秘玉をいじられるのとはまた違う、濃密で重苦しいような快感が生まれてくる。

やがて、せつないような追い詰められるような愉悦が、子宮の奥の方から湧き上がってきて、それがどんどん押し迫ってくる。

「は、あ、あぁ、あ、旦那様……だめ、怖い、これ以上、だめ、怖い、どこかに、飛んでしまいそうな……っ」

フロレンティーナはヘルムートのシャツにしがみつき、いやいやと首を振った。

襲ってくる未知の快感に、理性が攫《さら》われていく。

「奥が締め付けてくる。達しそうなんだね、いいんだよ、フロレンティーナ、このまま達しておしまい」

ヘルムートの指の動きが速くなった。

くちゅくちゅという愛液の弾ける音が大きくなり、熱く煌《きら》めく何かの高みに上り詰めていく。

四肢が強張り、爪先にきゅうっと力がこもった。

「あ、あぁぁ、あ、や、もうだめ、ほんとうに、だめぇ……っ」

秘玉の裏側を強く擦られた瞬間、フロレンティーナは悦楽の限界に達し、甲高い嬌声を上げて、無意識に腰をびくんびくんと跳ね上げた。

内壁が強く収斂し、ヘルムートの指を締め付けた。

「っあ、だめ、あ、あぁぁあぁあっ」

上り詰めたところから、一気に突き落とされたような感覚に陥り、目の前が真っ白に染まった。そのまま何もわからなくなる。

「ひ……ぅ……う……」

呼吸が止まり、一瞬気を失ったのかと思う。

だが、ゆっくりと身体の強張りが解れてくると、どっと汗が吹き出し、息が戻ってきた。

「はぁ……はぁ、は……ぁ」

何が起こったのかわからなくて混乱していると、まだひくついている媚肉から、ヘルムートの指がゆっくり抜け出ていった。

「あ、ん……」

その喪失感にすら、ぞくりと甘く背中が震える。

ヘルムートはフロレンティーナの愛液で濡れた指を、ぺろりと舐めた。なんて卑猥《ひわい》で、なん

て妖艶なのだろうと、フロレンティーナは初めての絶頂にぼうっとした頭で思う。

「初めて達したね——よかったかい？」

汗ばんだ熱い頬に、ヘルムートがちゅっと口づけした。

意識が戻ってくると、淫らに喘いでしまった自分が恥ずかしくて、とても答えることなどできない。

「覚えのいい、素直な身体だ」

今まで聞いたこともない優しい声で言われ、自分の反応がおかしいことではなかったのだと、少しだけ安堵した。

「私、変では、ありませんでしたか？」

おずおず聞くと、ヘルムートが再び頬に口づけする。

「とても、可愛らしかった」

「ほ、ほんとう？」

褒められて、なんだか顔がほころんでしまう。

すると、節高なヘルムートの指が、再度ぬるりと押し込まれてきた。

「ひゃうっ」

まだ熱を持った媚肉が、指の存在を悦んでいるのがわかる。

「まだ狭いからね——少しでも拡げておかないと」

ぐぐっと最奥まで指が押し入って、ひくっと喉が鳴った。

「や、そんな、奥……っ」

「痛いか？」

「い、痛くない……ですけど……こ、怖い……」

「痛くないなら、これはどうだ？」

押し込まれた指が、ぐるりと中を大きく搔《か》き交ぜた。

「あっ？　やぁ、動かさないで……っ」

今までと違う動きに、別の箇所が熱く感じ入って、フロレンティーナは混乱する。

自分でも知らない未知の快感を、ヘルムートの指が淫らに暴いていく。

怖いのに、膣襞は悦んでひくつき、新たな蜜を零れさせる。

「あん、あ、溢れちゃう……」

とろとろと溢れたそれが、ドロワーズをぐっしょりと濡らすのがわかり、粗相したみたいで恥ずかしい。恥ずかしいのに、身体はどんどん熱く高揚して、快感を拾い上げていく。

「いいね、とてもいい。ここはどうだ？　君の感じる場所を、もっと探してあげよう」

ヘルムートは指を軽く曲げ、内部をまさぐる。

「あっ、や、そこだめ……っ」

子宮口の手前あたりの、ぷっくりした上辺を押し上げられると、怖いくらいに気持ちよくて、背中が弓なりに仰《の》け反《ぞ》った。

「ああ、柔らかくなってきた——よいね、とてもよい」

ヘルムートの濡れた唇が、耳朶《じだ》を辿る。

「ひぅ、あ、耳、やだ、耳、やぁ……っ」

震えがくるほど、その感触にも感じ入る。

もはや、身体中どこに触れられても、官能的な悦びが生まれてしまう。

「ここも弱いか。首筋は？」

ねろりと耳裏から首筋を舐め下ろされ、甘い悪寒にぞくぞく全身が慄く。

「やぁっ、首もだめ、あ、だめ……あぁん、やだぁ……」

気持ちよいのに、それがずっと続くと耐え難くなってつらい。

またすぐに限界に上り詰めそうで、より乱れてしまいそうなのも怖い。

「もっと感じていい、フロレンティーナ、もっと私を感じて」

いままで、理性的で厳格だと思っていたヘルムートが、酩酊《めいてい》したような声を出し、フロレンティーナの肌を吸い上げ、舐め回す。

その間も、隘路をまさぐる指はフロレンティーナの反応に巧みに応じて、動きを変えていく。

「あ、あぁ、あ、旦那様ぁ、だめ、また、あ、何か来ちゃう……っ」

フロレンティーナはぶるぶる腰を震わせて、再び絶頂を極めた。

「――何度でも、フロレンティーナ、何度でも達《い》っておしまい」

ヘルムートの艶めいた声が、次第に遠のいていく。

官能の悦びに包まれたまま、意識がなくなってしまった。


翌日から、バルツァー家の女主人としての、フロレンティーナの新しい生活が始まった。

家のことは右も左もわからないので、妻としてやるべきことをガストンやアンネに事細かに聞き質《ただ》しては、それを実行するように努めた。

どんなつまらない質問にも根気強く快く答えてくれるので、フロレンティーナは二人をすっかり頼りにするようになった。

早朝はヘルムートより早く目覚めるようにし、前日シェフと決めておいた朝食の献立の確認をする。ヘルムートが半熟に茹《ゆ》でた卵と、カリカリに焼いたベーコンが好みなのも覚えた。

時間になると、ヘルムートの寝室に赴き、寝ている彼を起こす。最初は恥ずかしくて、遠慮がちに声をかけたりしていたが、眠りの深いヘルムートがなかなか起きないので、今ではそっと揺さぶって目覚めさせる。寝起きの彼はまだぼんやりしていて、普段の威厳が薄れて少年ぽく、フロレンティーナはこんな表情の彼に、新たな魅力を感じて胸がときめいてしまう。

一緒に朝食を摂《と》り、皇城に上がる彼のために、着替えを手伝い胸のクラヴァットを結んであげるのも、日課になった。

今まで男性のクラヴァットなど結んだことがないので、昼間はガストンを相手に四苦八苦して結び方を覚えた。ヘルムートは、少し歪《ゆが》んだ結び方をしても怒ったりしないのが大人の対応だなと感じる。


ある日の朝のことだ。

いつも通り朝のヘルムートの支度を手伝おうと、彼の部屋に赴いた時のことだ。

ヘルムートが着ていたスーツを目にした時、フロレンティーナはあっと声を上げてしまった。

ヘルムートは、フロレンティーナが大事に持ってきた、あの古い上着を着ていたのだ。

「旦那様、その上着……」

ヘルムートは堅苦しい表情のまま答えた。

「私は物を大事にする精神は尊重したい。クラシカルなデザインの上着も、なかなか味があってよいものだ。そうだろう？」

フロレンティーナは感激で涙が出そうになった。

両手を打ってにっこりすると、ヘルムートが目の縁をかすかに染めて咳払いした。

「はい、とても格好いいです！」

ヘルムートは、皇帝陛下から正式な結婚許可状がいただけるまでは、寝室を別にしようというので、夜は自分の部屋で一人で寝ている。

でも、夫婦として肉体関係を結ぶための練習は怠らない。

ヘルムートは、寝る前の時間はどちらかの寝室で、フロレンティーナに唇や指で淫らな行為を仕掛けてくる。初めは恥ずかしくて仕方なかったけれど、いずれ本格的に結ばれるために、未熟なフロレンティーナの身体を解し、慣らしていくためだと言われれば、頑張らねば、と思う。でも、行為が始まると、甘く心地よくなってしまい、すぐに恥ずかしいことは忘れてしまうようになった。

無垢なだけに、ヘルムートの教え込む快楽を、どんどん覚え込んでしまうみたいだ。

悦楽が深くなるにつれて、早くほんとうに結ばれて、ヘルムートのものになりたいという願望が強くなる。

そのためには、皇帝陛下にお目通りして、ヘルムートの妻としてふさわしいと認めていただけるように努力しなくてはいけないと、自分に強く言い聞かせた。

こうして、バルツァー家に来てひと月ほどは、新鮮で喜びに満ちた日々が続いていた。

だが――。

その日は休息日で、フロレンティーナはヘルムートと居間で寛いでいた。

ヘルムートはソファに座ってなにやら難しい経済の本を紐解《ひもと》き、フロレンティーナはその横に座って縫《ぬ》い物をしていた。ヘルムートが使うハンカチに、彼の頭文字を刺繍《ししゅう》しているのだ。

ヘルムートは、いつも注意深くきっちりしているわりには、仕事に打ち込んでいると持ち物をどこかに起き忘れてしまう癖があった。そのために、彼の日常使いの品物には、名前を入れて上げようと思いたったのだ。

勝手に思いついて始めたことだが、ヘルムートが咎《とが》め立てしないので、ほっとした。

そもそも、フロレンティーナが屋敷の管理や家事で、どんなに失敗や間違いを犯しても、ヘルムートが注意したり怒ったりしたことはなかった。

彼の包容力とも言えたが、体裁を整えるための妻だから関心があまりないのかもしれない。

閨での練習をするときには、繊細に触れて甘くささやいてくれるのに、普段は見えない一線が引かれているみたいに、他人行儀だ。

夫婦になるのに、それが少しだけ寂しい。

日常でも、甘く褒めてくれたり笑顔を見せてくれたら、もっと嬉しいのに。

でもそれは、フロレンティーナの我儘《わがまま》だとわかっている。

片想《かたおも》いなのだから——ヘルムートの方には、フロレンティーナに愛情がないのだから、無下に扱ったりしないだけでも感謝しなくてはいけない。

こうやって愛する人の側に居られるだけで、十分満足するべきなのだ。

せっせと針を動かしながら、フロレンティーナの胸の中は様々な感情がせめぎ合っていた。

と、ふいに廊下でガストンの慌ただしげな声がした。

「大旦那様、お待ちください」

「ヘルムートが、そこにいるのだろう？」

張り上げるような男性の声もした。

隣に座っていたヘルムートが、ハッと身を硬くするのがわかる。

ノックもなしに、扉がいきなり開いた。

白髪交じりの風格のある紳士が立っている。

ひどく険しい表情をしていた。

ヘルムートがさっと立ち上がってつぶやく。

てきた。

「父上――」

では、あの紳士が先代のバルツァー公爵なのか。

フロレンティーナも思わず腰を上げた。

ヘルムートの父は、ずかずかと居間に入ってくると、フロレンティーナに不躾《ぶしつけ》な視線を送ってきた。

「これが例の娘か」

フロレンティーナは慌てて一礼した。

「は、初めまして――フロレンティーナと申します」

ヘルムートの父は、ふんと鼻を鳴らした。

「まだほんの小娘ではないか」

悪意のこもった言葉に、フロレンティーナの心臓がきゅっと縮み上がる。

「フロレンティーナ、自分の部屋に戻りなさい」

ヘルムートが硬い声で言う。

「いや、あなたにはここにいてもらう」

ヘルムートの父が居丈高に口を挟んだ。

おずおず顔を上げたフロレンティーナは、どう動いていいかわからない。

ヘルムートの父の厳格な視線に怯えてしまう。彼はこちらに視線を据えたまま、さらに言い募ってきた。

「聞けば、孤児で中流の貴族の養女だったそうではないか。地位も財産もない。しかも、まだまだ未熟そうな子どもだ。ヘルムート、お前はこんな娘を選んだのか。ならば、私の探してきたご令嬢の方が、はるかに上等だ。まだ陛下の結婚許可状が下りていないうちに、違約金を払って、とっとと実家に帰すがいい」

ずけずけとひどい言葉を投げかけられ、フロレンティーナは傷つきいたたまれない。

「フロレンティーナは、十分、淑女としての嗜みを身につけています。父上のお節介は無用です」

ヘルムートの口調が剣呑《けんのん》な雰囲気を帯びる。

すると、ヘルムートの父が耳障りな声で嘲笑《あざわら》った。

「ははは、淑女だと？　こんな見栄《みば》えのしない小娘が？　私は知っておるぞ。この娘の養親は、ひどい吝嗇家《りんしょくか》で、養女にほとんど淑女の教育をしなかったということをな。だから、彼女の取り柄は、若いというだけのことだ」

フロレンティーナは、ぐさりと胸に刃物を突き立てられたような気がした。

ヘルムートがちらりとこちらに視線を投げてきた。そこに疑惑の色が浮いているように見えて、フロレンティーナは身が竦んだ。

だが、すぐにヘルムートはキッと父を睨みつける。

「父上！　それ以上彼女に失礼なことを言うと、たとえ親といえど、承知しません！」

ヘルムートが一歩前に出た。白皙の彼の頬がかすかにひくつき、見たこともないような険悪な表情を浮かべている。ヘルムートがこんなに怒りを露《あら》わにするところを、初めて見た。

二人の間の殺伐した雰囲気を消したくて、フロレンティーナは、つい声を上げた。

「わ、私は、ちゃんと淑女の嗜みを身につけてきました！」

言い返してくるとは思わなかったのか、ヘルムートの父が、面食らったような顔をしたが、すぐに意地悪く言い返した。

「ほほお、そうなのか？――では、そうだな――今すぐそこのピアノで、一曲披露してもらおうか？」

フロレンティーナは、ぐっと息を呑んだ。この屋敷に来てから、毎日の家事をこなすことに精いっぱいで、そうした教養を披露する機会がなかったのだ。

だからヘルムートは、フロレンティーナがほんとうに淑女の嗜みを学んできたのかは、知らないでいた。また、彼もあえてそれを見せろなどと言わなかった。

フロレンティーナの狼狽《ろうばい》を感じたのか、ヘルムートが声を荒げた。

「言う通りにしなくてもいい！　フロレンティーナ」

フロレンティーナは、作り笑顔を浮かべた。

「大丈夫です、旦那様――」

フロレンティーナは、居間の隅に置いてあるピアノに近づき、椅子に座って蓋を開く。演奏に自信があるわけではなかったが、ヘルムートに恥をかかせることだけはいやだったのだ。

深く息を吸うと、そっと鍵盤に指を置いた。

スタンダードな古典の名曲を弾《ひ》き始める。

ヘルムートとヘルムートの父は、無言でこちらを見ている。

最初は彼らの視線が気になったが、すぐに演奏に没頭した。

上手《うま》く弾けているとは思わなかったが、心を込めて弾いた。せめて、ヘルムートの父が納得してくれるようにと、心の中で祈った。

ヘルムートの父の言うことは正しい。

ヘルムートにふさわしいレディになりたいと、ずっと願ってきた。

でも、養親はフロレンティーナに、正式な淑女の教育は何も受けさせてくれなかった。若くて無垢なうちに婿を取らせ、子どもを生ませる、そのためだけに育てられたのだ。

弾き終わると、そのままうつむいて座っていた。

ヘルムートの父が何を言うのか、評価が下されるのが怖くて、顔を上げることができない。

「ふん――変わった奏法だが、まあ、悪くはない」

口惜しそうに、ヘルムートの父がつぶやいた。

「今日のところは、帰る。だが、お前たちの結婚を認めたわけではないぞ」

足音を荒くして、ヘルムートの父は居間を出て行った。

まだ重苦しい空気が残っている中、フロレンティーナはほっと小さく息を吐く。

「――フロレンティーナ」

いつの間にか、背後にヘルムートが立っている。

恐る恐る顔を振り向けると、彼は穏やかな表情をしていた。

「素晴らしい演奏だった。父上もぐうの音も出なかったようだ。胸がスッキリしたぞ」

フロレンティーナは答えずにいた。

「だが、独創的な演奏だったな。どこの演者の教師について習ったのだね?」

聞きただされて、フロレンティーナは耐えきれずに声を震わせた。

「申し訳ありません、旦那様……私、私、旦那様に嘘をついていました……」

ヘルムートが目を瞬く。

「ん？　何を言うのだ？」

フロレンティーナは鼻の奥がツーンと痛んで、涙が溢れてくる。

「わ、たし……正式なレディの教育を、受けていないんです……！」

ヘルムートはぽかんとした表情になる。

「何を言う。君はちゃんと立ち居振る舞いも作法も身につけているし、ピアノだって──」

フロレンティーナは両手で顔を覆い、わっと泣き出してしまった。

「全部、独学です！　養親は、私に教養のお金をかけてくれなくて──私、私、自分で学びました。ピアノも見よう見まねで、勉強したんです」

「え──」

ヘルムートが声を失う。

フロレンティーナは、だまし討ちのようになったことを後悔した。

「ヘルムート様にふさわしいレディになりたかった。だから、作法も教養も一生懸命自分で学びました。でも、でも、みんな付け焼き刃です。ごめんなさい。ごめんなさい。偉そうに、レディの嗜みを身につけてきたなんて言ったのは、私の見栄です。嘘をつきました。ごめんなさい！」

背中を震わせて嗚咽を堪える。

ヘルムートは失望したかもしれない。

彼の沈黙が怖い。

しばらくして、ヘルムートが軽く息を吐き、肩にそっと触れてきた。

びくりとして濡れた顔を上げると、ヘルムートが静かな表情で見返してきた。

「泣かなくていい。フロレンティーナ、君はずっと努力してきたのだね」

「……」

「素晴らしいことだ。独学でこれほどの嗜みを身につけてきたなんて。私は感服した。いや、感動すら覚えたよ」

ヘルムートの真摯な言葉は、傷ついたフロレンティーナの胸に甘く響いた。再び涙が溢れてきて、声を詰まらせながら言う。

「旦那様……怒っておられませんか?」

「怒ることなどなにもない。君を見直したよ」

「でも……」

「もっと研鑽《けんさん》したいのなら、君に、最高の作法や教養の家庭教師をつけて上げよう。ここまで一人で成し遂げられた君だもの、さらに洗練されたレディになることは間違いなしだ」

フロレンティーナは潤んだ瞳でヘルムートを見つめた。

天にも昇る心地だ。

ヘルムートが理解してくれた。

フロレンティーナの生き方を肯定してくれた。

嬉しい、嬉しい。

「あの……では、ダンスの先生を付けてくださいますか？　ダンスだけは一人で習得するのは難しくて」

「もちろんだ。首都一番のダンス教師を探してこよう——結婚式の新郎新婦のお披露目《ひろめ》ダンスに間に合うようにね」

「結婚式……！　ああ、そうですね、その日のためにうんと練習します！　それまで、旦那様とのダンスはとっておきますね」

「うん、そうしなさい。私もその日を楽しみにするとしよう」

フロレンティーナは感激で胸がいっぱいだった。

「旦那様……っ」

思わずヘルムートの胸に飛び込み、上着に顔を埋めて泣きじゃくった。

「わ、たし……ここにいて、いいのですね？」

ヘルムートがあやすように背中を撫でてくれる。

「もちろんだ。君は私の妻になる人ではないか。いてくれなくては困る。いや、いてくれ」

さらに嬉《うれ》し涙が溢れてくる。

「はい、はい……私、もっと努力します。旦那様に相応しい妻になるよう、もっともっと勉強して、もっとがんばって……」

頭の上で、ヘルムートがうっすら笑いを漏らしたような気がした。

「君はこのままでも、十分素敵だがね」

心臓が丸ごと持っていかれそうなときめきを感じた。

「っ――」

パッと顔を上げて見上げると、ヘルムートはいつもの生真面目な表情だった。けれど、目尻がわずかに下がっているような気がする。

「フロレンティーナ」

ヘルムートの端整な顔が下がってきて、額や眦、頬に口づけを落としてきた。

「ん……」

甘く擽ったい感触に、目を閉じて次の口づけを待つ。

しっとりと唇が合わさる。

柔らかな感触に身体が震える。

口づけにはもう慣れた。唇や舌で、多彩な刺激を与え合えることも知った。

おずおずと舌先を出して、そっとヘルムートの唇を舐めてみた。

それに応えるように、ヘルムートの唇がフロレンティーナの舌を挟み、くっと締め付ける。

「ふ、ん……」

じんわりした快感が全身に広がっていく。

そのまま舌を咥え込まれ、強く吸い上げられた。

「……ぁん、ふ……ぁ」

たちまち頭がぼうっとなり、四肢から力が抜けていく。

すかさずヘルムートの腕が、背中を支えてくれて、ぎゅうっと抱きしめてきた。

息が止まりそうなほど幸せを感じる。

今やっと、ヘルムートと少しだけ心が通い合ったような気がした。

ただ、ヘルムートとその父との間には、深い確執があるようで、そのことが胸の奥に棘《とげ》のように引っかかった。

晩餐の後、ヘルムートはフロレンティーナを、先に湯浴《ゆあ》みや身支度を調えるようにと、部屋に帰した。

彼自身は、書斎にこもり、窓際に立ってじっと考え込んでいた。

扉が軽くノックされ、ガストンが寝酒を持って入ってきた。

「ご当主様、まだお休みになりませんか?」

ガストンは芳醇《ほうじゅん》なブランデーの入ったグラスを、そっと書き物机の上に置いた。

「うん──まあな」

ヘルムートは夢から覚めたような表情で、ガストンを振り返った。

今までぼんやりして考えことなどしたことがなかったので、その姿をガストンに見られたのが、少し気恥ずかしい。

「奥方様を、あまりほっておかれてはなりませんよ」

ガストンはさりげなく言うと、そのまま書斎を出て行こうとした。

「あ──ガストン」

ヘルムートは思わず呼び止めてしまう。

ガストンは静かに振り返った。

「はい。なんでございましょう」

「うん──その、フロレンティーナのことなのだが」

「はい、奥方様が?」

「うん──彼女は、とても華奢で小柄で、まだ幼いくらい無垢だろう?」

「はい――それが？」

ガストンは質問の核心を待つような表情になる。

ヘルムートは幼い頃、厳格な父に気兼ねして、わからぬことはガストンに質問していたことをふと思い出す。教養深いこの執事は、大抵のことに丁重に答えを出してくれたものだ。

「私はこのように体格がよい。彼女とは大人と子供のように差がある。つまり、その、ベッドで――彼女に辛い思いをさせ、傷つけてしまわないかと、心配なのだ――だから」

ヘルムートは、我ながら何を言い出すかと、戸惑う。

いつでも理性的で自信過剰なほどの自分なのに、フロレンティーナを前にすると、どう扱っていいのか内心うろたえているのだ。

昼間、傲慢な父がフロレンティーナを侮辱した時には、かつてないほど頭に血が上った。思わず、大きな声を出していた。

そんな父の前で、堂々とピアノを演奏したフロレンティーナに、ひどく感銘を受けた。それだけではなく、彼女が独学で様々な教養や嗜みを身につけてきたということを知り、心打たれた。

その気持ちは、感心とか見直したという単純なものではなかった。胸の奥を締め付けるような甘苦しいもので、ヘルムートが今まで経験したことのないたぐいの感情だった。

これまでフロレンティーナと最後の一線を越えずにいたのは、完全に結ばれてしまうと、自分のこれまでの固く守ってきた信念が変えられてしまうかもしれないという危惧もあった。

だが、今、心からフロレンティーナを欲していた。

でも彼女の初めてを、辛い痛い苦しいものにしたくない。

途中で口を閉じてしまったヘルムートに対し、行き届いた執事であるガストンは表情一つ変えずに待っている。

ヘルムートはぼそぼそと言葉を紡いだ。

「彼女には、心地よい思いだけをさせてやりたいのだ」

言い終えると、気まずさを誤魔化《ごまか》すために咳払いを繰り返す。

ガストンは普段の口調で答える。

「よくわかりました。すぐに良い策を手配しますので、ご当主様も今晩はもうお部屋にお戻りください」

ヘルムートは胸を撫で下ろすが、表情は平静を保った。

「うん、では万事よろしく頼む」

湯浴みを済ませ、夜着に着替えたフロレンティーナは、寝所のベッドの端に腰掛けて、礼儀作法の本を紐解《ひも》いていた。

明日からは、ヘルムートが手配した教養や礼儀の家庭教師に本格的に学べる。胸がわくわくする。

ヘルムートの恥にならないよう、いっぱい勉強しようと思う。

と、寝所の奥の方の扉が静かに開く気配がした。

「あ……」

そこから、ゆったりとした夜着姿のヘルムートが入ってきたのだ。

今までその扉が開いたことがなかったので気がつかなかったが、どうやらヘルムートの私室と繋《つな》がっていたらしい。

猫みたいに足音を立てずにヘルムートが近づいてきた。

いつものように、おやすみなさいの口づけをしにきたのだろう。フロレンティーナは本を置いて立ち上がろうとした。

「ああ、そのままでいい」

ヘルムートが小声で言い、フロレンティーナの隣に腰を下ろした。

そのまま彼は、自分の膝あたりをしばらく見つめていた。

フロレンティーナは気分でも悪いのかと思い、彼の顔を覗き込む。

「旦那様？」

ヘルムートが、パッとこちらを振り返る。

ひどく真剣な表情だ。

「フロレンティーナ」

「はい」

「今夜、君と最後まで、したい──結ばれたい」

直後、フロレンティーナの心臓がばくんと大きく跳ねた。

「ぁ……」

ヘルムートの両手が肩にかかる。

彼は念を押すように言う。

「君のすべてが、欲しい」

フロレンティーナは瞬時に緊張感が高まり、ごくりと唾を飲み込んだ。

元より、いつでもそうなる覚悟をしてきたつもりだ。

でも、いざとなるとガチガチに固くなってしまう。

「はい……」

消え入りそうな声で、返事をした。

ヘルムートがわずかに表情を和らげ、片手を伸ばしベッドヘッドの上の燭台《しょくだい》の灯《あか》りを指先で消した。

寝室の灯りは暖炉の熾火《おきび》だけになり、うすぼんやりとヘルムートの顔が見える。

「怖がらないでくれ。今までしてきたことと、同じだ。これが、素晴らしい行為だと君に教えたい。君を気持ちよくさせたい」

ヘルムートの大きな手が、あやすように頭を撫でた。

「はい、大丈夫です。旦那様が私にすることに、嫌なことなどひとつもあるはずがありませんから」

そう答え、目をそっと閉じ口づけを待つ。

ヘルムートが大きく息を吐く気配がし、ゆっくりと唇が重なってきた。

「ん……」

唇を緩めると、そろりと彼の舌が忍び込んでくる。

ぬるついた舌が口蓋を舐め回すと、甘い官能の悦びがじわりと背中から腰に走った。

ヘルムートはフロレンティーナの舌を絡め取り、強弱をつけて吸い上げる。

「んふ……ふ、ぁ……ん」

ぞくぞく全身が感じ入り、緊張感がほどけてくる。

深い口づけを仕掛けながら、ヘルムートがフロレンティーナの夜着の前合わせのリボンをしゅるしゅると解いていく。するりと肩から着ているものが滑り落ちた。

「あ……ぁ、ゃ……」

裸にされた肌に、さっと鳥肌が立った。

薄暗がりとはいえ恥ずかしくて、思わず両手で胸を覆い隠そうとしてしまう。

「隠さないで」

わずかに唇を離したヘルムートが、くぐもった声で言う。

「は……い」

言われるまま、両手をだらりと下げると、背中に手を回され、シーツの上に仰向《あおむ》けに寝かされた。

ベッドに両手を付き、のしかかるみたいにヘルムートが見下ろしてくる。

欲情した彼は、少しだけ凶暴な感じで、怖いけれど魅了される。

「あ……ぁ」

脈動が速まり、呼吸が乱れた。

とうとう初めてを捧げるのだという悦びと恐怖で、ドキドキが止まらない。

いつもは指止まりだったけれど、それ以上のもの——つまり、ヘルムートの欲望を受け入れるのだというくらいまでは、了解していた。

でも実のところ、彼の欲望というものがどのような有様なのか、見たことはない。

緊張しすぎているせいだろうか、乳首が勝手につんと尖り、空気に触れてもずきずきするほど鋭敏になっていた。

「まだ怖いか?」

上から密やかな声が降ってくる。

「少しだけ……」

「——優しくするから」

ヘルムートの顔が寄せられ、額や頬に口づけを落とし、そのまま耳の後ろから首筋を舐め下ろしてきた。

「は、あ、あ……ん」

耳の後ろは弱い。そこを舐められると、じくじく媚肉が濡れてくるのがわかる。

耳裏や首筋など、普段はなんでもない箇所が、ヘルムートに触れられると、淫らな悦びを生んでしまう。まるで魔法のようだ。

肩から鎖骨、そして胸元へと口づけが移動し、すでに固く凝っている乳首が咥え込まれる。

「あ、あぁ、はぁっ……」

つーんと痺れる愉悦が下腹部に満ちてくる。

乳首を舐めまわされ、吸われ、甘噛みされると、快楽を教え込まれた身体があさましく反応してしまう。膣壁がうねりはじめ、じれったいもどかしさで腰がもじつく。

乳首をねぶりながら、ヘルムートの大きな手が、フロレンティーナの脇腹から太腿《ふともも》の間をじっくり愛撫してきた。

「ん、んぅ、ふぁ、あぁん」

彼の手がわざと淫部を避けて撫で回すのが、余計に情欲を煽《あお》ってくる。

花弁がすっかり濡れそぼっているのがわかる。

いつものように、割れ目を指で優しく撫でて欲しい。

でも恥ずかしいから、遠慮がちに腰を浮かせることしかできない。

「――気持ちいいか？」

乳房の狭間から顔をわずかにもたげ、ヘルムートがこちらの顔色を伺う。

「ん……はい」

こくりとうなずくと、やっとヘルムートの指先が花弁を割って触れてくれた。

「あ、んん、っ」

待ち焦がれた愉悦に、内腿がぶるっと震えた。

目を閉じ、ヘルムートの指の動きに神経を集中させようとした時だ。

ひやりと冷たい液体のようなものが、股間に滴ったような気がした。粘っこいその液体は、とろりと性器から内腿に流れていく。

「きゃっ？　あ？　な、なに？」

驚いて目を見開く。

ヘルムートは、小さなガラス瓶を手にしていた。そこの入った液体を、淫部に垂らしたらしい。

ヘルムートの指が、その液体を塗りこめるみたいに割れ目や蜜口の浅瀬を撫で回す。

直後、かあっとデリケートな柔肉が灼けつくように熱くなり、そこから湧いた熱があっという間に全身に広がっていった。

「あっ、あ？　あぁ……なにこれ？　熱い、あ、熱い……っ」

肌が泡立ち、全身に妖しい身震いが走る。

ヘルムートが顔を上げ、フロレンティーナの反応を窺うように見つめてくる。

「心配するな。初夜の女性のための、特別なオイルだ」

「オ、オイル？」

「初めての苦痛を和らげ、心地よさを増すためのものだ」

　フロレンティーナは息が上がって、下腹部の奥までがじりじり灼けてきて、どうしようもない疼きに身悶《みもだ》えた。

「はぁ、あ、や……ぁ」

「ここにも、塗ってやろう」

　舐められてじんじん腫れている乳首にも、ぬるぬるとオイルが塗られる。あっという間に、乳首も熱く熱を持ち、痺れる疼きがひっきりなしに襲ってくる。

　まだ何もされていないのに、恐ろしいほどの性的な飢えが頭の中を支配していく。

「やぁ、うそ、こんなの……っ」

　足をジタバタさせ、淫らな疼きを遣《や》り過《す》ごそうとした。

「そんなに効くのか？」

　ヘルムートが確かめるみたいに、ぬぷりと蜜口に指を押し入れてくる。

「ひゃぁあ、あぁぁ、あ」

　びくんと大きく腰が跳ね、媚肉ははしたなくヘルムートの指を締め付けた。同時に、どっと熱い愛蜜が吹き零《こぼ》れた。

「これは凄《すご》いな――指を食い千切られそうだ」

　ヘルムートが感心したような声を出すのが、憎たらしい。こっちは恥ずかしいほど昂《たか》ぶってしまって、どうしようもなくなっているというのに。

「ひ、どい……ひどいです、こんなにして……っ」

眦から涙が零れ、ヘルムートの背中に爪を立てて、腰を揺らした。

「ああ泣くな、泣かないでくれ。こんなに効果があるとは思わなかった——だが、君を少しでも悦くしたいと思う一心だったのだ、フロレンティーナ」

ヘルムートはなだめるように、熱を持ったフロレンティーナの額や頬に口づけし、目尻に溜《た》まった涙を吸い上げた。

そうしながら、さらに指を媚肉の奥へ押し込んでくる。彼の指にまとわりついたオイルが、隘路の奥まで塗り込められてしまう。

「ひ、あ、だめ、や、だめ……っ」

鋭敏な秘玉がすっかり尖ってしまい、触れられてもいないのにじんじんした快感を生み出し、媚肉はきゅうきゅう収斂してヘルムートの指を喰む。軽い絶頂が、何度も襲ってくる。

「きつく奥に引き込んでくる。欲しくて仕方ないのだね」

ヘルムートは嬉しげな声を出す。

「だって……あぁ、熱い、奥、痒《かゆ》い……あぁ、だめ、奥、辛いのぉ、お願い……」

恥ずかしいセリフが、口をついて出てしまう。

熱くてヒリヒリして逃げたいのに、腰は勝手に誘うように揺れてしまう。

「私に埋めて欲しい？　ここを」

ヘルムートの指が、ぐるりと中を掻き回した。

「だめぇ、それ、だめ、ああ、あっ」

再び短い絶頂に襲われ、フロレンティーナは悲鳴のような嬌声を上げた。

頭がくらくらして、悦過ぎて辛い、矛盾した感覚に翻弄される。

ふいに、ぷちゅりとヘルムートの指が引き抜かれた。

「あ……？　やだ……抜かないで……っ」

肌が粟立《あわだ》つような激しい喪失感に、目を見開いた。

薄闇の中で、ヘルムートが身を起こしてすばやく自分の着ているものを脱ぎ捨てるのが見えた。

引き締まった彫像のような美しい男の裸体がそこにある。彼の肉体に渇えて、ごくりと喉が鳴った。

「フロレンティーナ、フロレンティーナ、君が欲しい。フロレンティーナ」

ヘルムートはうわ言のように、名前を繰り返し呼んだ。

フロレンティーナは、その声に導かれるみたいに、自ら両足を開いていく。

飢え切った媚肉から、新たな愛蜜がとろとろ溢れる。

「ああ……旦那様ぁ……」

潤んだ瞳で見上げると、ヘルムートの眼差しも同じように欲望に濡れているようだ。

「フロレンティーナ」

ヘルムートがゆっくりと覆《おお》いかぶさってくる。

張りのある筋肉の感触と熱を持った肌に、それだけで腰が震える。

大きな手が、さらにフロレンティーナの足を大きく開いた。そこに、ヘルムートが腰を押し入れてきた。

とうとう結ばれるのだという高揚感に、フロレンティーナはドキドキ胸を高鳴らせた。

「──フロレンティーナ、挿《い》入れるぞ」

びしょびしょに濡れ果て綻び切った花弁に、ぬくりと硬くて熱い塊が触れてきた。

「あ──」

指とは違う感触に、思わず腰が引けそうになった。

わずかな怯えを感じたのか、ヘルムートは動きを止めると、フロレンティーナの右手を掴んでゆっくり自分の股間に導いた。

「あ……」

ざらっとした男性の恥毛の肌合いに、どきんと心臓が跳ねる。だが、その直後、熱く滾《たぎ》った肉茎に触れさせられ、息が止まりそうになる。

「っ……」

生まれて初めて触れる荒ぶった男性器の予想外の巨大さに、フロレンティーナは震え上がった。手を引こうとするのに、ヘルムートの手がそれを阻み、そのまま肉胴を上下に撫でさせてくる。

「や……」

「怖いか――これが私自身だ、フロレンティーナ。君が欲しくて、こんなに熱くなっている」

欲望はどくどくと脈打っていて、普段の冷静で端整な佇《たたず》まいのヘルムートのものとは、信じがたい。

「お、大きい……」

声が掠れる。

「大きいか？　でも、これを君の中に受け入れてもらうんだ」

フロレンティーナは肝を冷やす。

「うそ……無理です……こんなの、挿入《はい》らない……むり……っ」

手を振り払い、首をふるふる振って拒もうとする。

指が挿入るのはわかる。今までも、受け入れられた。

でも、ヘルムートの屹立《きつりつ》は桁違いだ。

「大丈夫、挿入るよ――こんなにも濡れて柔らかくなっている」

ヘルムートは漲《みなぎ》った陰茎を握って、それを徐々に蜜口に押し当ててきた。

「あ、あ、やめて、お願いです……っ」

無理だと悲鳴を上げる。

だが、ヘルムートは無情にも動きを止めない。

「もう待てない、フロレンティーナ。受け入れてくれ」

「や、だめ、あ、あぁ……あっ」

狭い入り口を、先端がぐぐっと押し入ってきた。

「つう……あ」

張り出したカリ首が、狭いうろをくぐり抜ける時、引《ひ》き攣《つ》るような痛みが走る。

「痛ぅ……っ」

目をぎゅっと閉じて、苦痛に耐えようとした。

だって、前に彼に宣言した。

どんなに痛くても苦しくても、結ばれたいのだと。

だから、もう逃げない。

息を詰めて全身を強張らせる。

すると、ヘルムートが息を乱して、少し苦しげな声を出す。

「く――きついな。押し出されてしまう。フロレンティーナ、少し力を抜いてくれ」

「え？　あ、あ、どうしたら……？」

緊張が最高潮に達しているし、どこをどう力を抜けばいいのかもわからない。

「そうか、それ、では舌を出して――」

「し、舌……？」

言われるまま、ちろりと舌を差し出すと、やにわにヘルムートが噛みつくような口づけをしてきた。

「ふ……ぁふあ」

痛むほど舌を吸い上げられ、頭が真っ白になった。

刹那、ヘルムートが一気に腰を沈めてきた。

ずぶずぶと巨大な肉塊が、押し入ってきた。

「ぐ、ひ……っ、う？」

じりじりと内壁が押し広げられる未知の感触に、叫ぼうとしたがそれもできない。

絶対挿入らないと思っていたのに、狭隘《きょうあい》な入り口を抜けてしまうと、意外にすんなりと受け入れてしまう。

このオイルのせいだろうか。どろどろに蕩けていた媚肉は、ゆっくりと押し広げられながらヘルムートの男根を飲み込んでいく。

「あ、あ、ぁ、あ」

「熱くて、狭いな――だが、挿入《はい》る。フロレンティーナ、わかるか？　私が君の中に入っているのを」

ヘルムートは唇を離し、大きく息を吐いた。

どんどん奥に挿入ってくる。

苦しい。内臓まで押し上げられそうな錯覚に陥る。息が止まりそう。

なのに、ヘルムートの長大な肉棒はまだ挿入を止めない。

「あ、あ、もう、挿入らない……です、もう、それ以上……」

目尻から涙がポロポロ零れた。

「挿入る。大丈夫だ、大丈夫、息を吐いて、そう、いいよ、フロレンティーナ」

優しく声をかけながらも、ヘルムートの腰の動きは止まらない。

奥の奥まで突き入れられ、フロレンティーナはひゅーひゅーと喉を鳴らして喘いだ。

根元まで挿入し終えた彼は動きを止め、深くため息をつく。

「全部挿入ったよ、フロレンティーナ。これで君は、私のものだ」

彼の感極まった声に、フロレンティーナは胸がじんと熱くなった。

「私、本当に旦那様と、夫婦になったのですね？」

「そうだ。もう、誰にも渡さない。君は私の妻だ」

「あ……あぁ……嬉しい……」

深い感動で、怖さも苦痛も消えていく。

フロレンティーナは、おずおずとヘルムートの引き締まった背中に両手を回した。汗ばんだ背中を、すりすりと愛おしげに撫でた。

ぴったりと隙間なく重なり、愛する人とひとつになった悦びが湧き上がる。

「旦那様も、私だけのものに……？」

「そうだよ、私も君だけのものだ。こうやってひとつになるのは、私と君だけだ」

「あぁ……」

全身に甘い酩酊《めいてい》感が満ちてくる。

オイルのせいもあるのか、めいっぱい彼のものを受け入れた媚肉が、ひくついて疼き、擦ってほしいと渇望してくる。思わず身じろぐと、硬いヘルムートの男根の造形が生々しく感じら

れ、四肢がじんわり甘く痺れてきた。

「奥がひくついて、締めてくる。もっと私を欲しいと言っているね——動くぞ」

耳元でヘルムートが艶《なまめ》かしい声でささやく。

同時に、ゆっくりと腰を引いていく。

「あ……ぁ、あ」

濡れ襞が太竿に巻き込まれ、引き摺《ず》り出されるような錯覚に、フロレンティーナは息を呑む。

カリ首《くび》の括れまで引き抜くと、再びゆっくりと最奥へ押し入ってくる。

「ひゃ、あ、う」

先端がフロレンティーナの最奥をさらに切り開くみたいに、突《つ》ついてきた。

「や、だめ、もう、それ以上……ぁ、あ、あ」

「だが、君のここが吸い付いて、引き込んでくる」

言いながら、ヘルムートはゆったりとしたリズムで繰り返し、最奥を抉《こ》じ開《あ》けるみたいに抜き差しを繰り返した。

「ひぁ、あ、だめ、あ、そこ、あ、奥……っ」

ずんずん、と身体の奥が開かれる。重苦しい衝撃に、目の前に火花が散る。子宮口の手前あたりを突つかれると、はしたない声が止められない。

太い肉茎が媚肉を擦り上げていくたび、ぞくぞくと猥りがましく感じ入ってしまう。熱く灼けついた隘路の疼きが、挿入されるごとに快感にすり替わっていく。

「は、あぁ、あ、あぁ……ん」

我慢していると逃げ場を失った激烈な愉悦が意識を攫いそうで、恥ずかしい嬌声を止めることができない。

「また蜜が溢れてきたね、気持ち悦くなってきたか、フロレンティーナ」

ヘルムートの腰の動きが徐々に早くなってきた。

同時に、彼の息が激しく乱れ、白皙の額からぽたぽたと汗が滴ってフロレンティーナの頬を濡らす。

「あ、あぁ、わかりません……熱くて、すごくて、どこかに飛んでしまいそうで……」

「私はすごく悦い――フロレンティーナ。君の中は、こんなにも熱くて心地よくて、私を快楽に導くのだな。もう、君を離せないよ」

ヘルムートの声に切羽詰まった響きが滲《にじ》んできた。

そして、彼の腰使いに遠慮がなくなってくる。

「はあ、んあ、激し……あ、は、はぁっ」

がつがつと腰を打ち付けられて、フロレンティーナはその度に上り詰めた。

これまで指で教え込まれた快楽とはまるで違う、一瞬意識が消えてしまうような激しい愉悦に、必死になってヘルムートの背中にしがみつく。

そうしないと、次々襲ってくる凄まじい喜悦に気を失ってしまいそうだった。

「すご、い、あ、すご、い……あはぁ、あ、旦那様、旦那様ぁ……っ」

「く──また締まってきた──フロレンティーナ、感じているのだね、気持ち悦いのか？　悦いのか？」

激しく揺さぶられ、フロレンティーナはより身体が燃え立つようで、理性が粉々に吹き飛ぶのを感じる。

「やぁ、だめ、あ、だめ、だめに、なる……あ、あぁん」

「気持ち悦いと、言っておくれ、フロレンティーナ、君と同じ快感を共有していると、感じたいんだ」

「や……そんなぁ……そんな、わ、わかりません、あ、は、はぁ……ぁ」

ヘルムートが性急な動きで突き上げてくる。その度、頭の中に愉悦の火花が散り、真っ白に染まる。でも、まだわずかに残った羞恥が払拭《ふっしょく》できず、感じていることをとても口にできない。

「そうか、可愛いフロレンティーナ、もっと君を追い詰めたい。これは、どう？」

太茎を深く挿入したまま、ヘルムートの手が結合部をまさぐってきた。そそけた恥毛の中に指が潜り込んできて、ふっくらと充血した秘玉をぬるりと撫で回した。

「ひうっ？」

さらなる快感の衝撃に、フロレンティーナはばくんと腰を浮かせて、啜《すす》り泣いた。

「ひゃぁう、ひぁ、あ、だめ、あ、そこだめ、だめぇっ」

びりびりと腰骨が痺れる鋭い悦楽と、男根の挿入がもたらす重甘い愉悦が同時に襲ってきて、瞬時に激しく達してしまう。

しかのその絶頂は終わることなく、さらなる高みに上っていく。

「やめ、て、旦那様、だめ、おかしく……も、許して……だめなの、だめ……ぇ」

あまりにも強烈な快感は、逆に苦痛を生むのだと、生まれて初めて知る。

随喜の涙をポロポロ零しながら、ヘルムートの背中を拳で叩く。

だが頑強な彼はびくともせず、指の動きも腰の抽挿もやめてくれない。

「凄まじい反応だな、そんなに悦いか。フロレンティーナ、中がぎゅうぎゅう締めてきて、私ももちそうにない」

ヘルムートはくるおしげな声を漏らし、さらに腰の動きを速めてきた。

「やだぁ、だめって……ぁ、ああ、だめ、あ、だめ……あぁっ」

フロレンティーナはもう何も考えられない。

ただ嵐のような快楽に巻き込まれ、突き上げられ引き抜かれ、突起をくりくりといじられ、甘い悲鳴を上げ続けるだけだ。

しまいには声も嗄れはて、ひゅうひゅうと喉の奥から忙《せわ》しない呼吸音を出すのも精いっぱいになる。

愉悦で気が遠くなる。

「……ぁ、あ、あ、ぁあ……」

「フロレンティーナ、私も達くぞ、君の中に、出すぞ、いいか？」

ヘルムートがフロレンティーナの腰を抱え、深く挿入したままがつがつと腰を打ち付けてきた。

怖い、怖い、怖いけれど、ヘルムートとひとつだからきっとだいじょうぶだと、頭の片隅で信じる。

「は……い……」

掠れた声で答える。

次の瞬間、最奥でヘルムートの欲望が大きく震え、びくびくと細かく痙攣《けいれん》した。

「っ――く」

ヘルムートが低く呻く。

「……あ、あぁ、あ……」

動きが止まり、ヘルムートはフロレンティーナをきつく抱きしめたまま、ゆっくりとシーツに沈み込んだ。

「……はぁ、は……ぁ」

「ふ――う」

二人の忙しない呼吸だけが寝室の中に響く。

まだ愉悦に余韻にぼんやりした頭の中で、フロレンティーナはとうとう最後まで結ばれたのだという感慨に耽《ふけ》った。

ヘルムートがゆっくり顔を上げ、汗ばんだフロレンティーナの顔中に口づけの雨を降らせてきた。最後に唇をしっとりと覆われる。

「ん……ふ」

フロレンティーナはうっとりとその優しい口づけを味わう。

「素晴らしかった、フロレンティーナ。最高だった」

背骨に響くような甘い低音の声でささやかれ、嬉し涙が溢れてくる。

「……旦那様……嬉しい……私の夢が、またひとつ叶いました……」

ヘルムートはちゅっと音を立てて口づけをしながら、穏やかな表情で見つめてきた。

あ、今、少し笑っただろうか、とフロレンティーナは思う。

「君の夢か——これからいくらでも叶えて上げよう。なんでも望むといい」

ヘルムートの言葉に、フロレンティーナは笑みを浮かべた。

「もう、旦那様のお嫁さんになれただけで、私の夢はほとんど叶ってしまいました。でも、それはこれまでの夢です。私には新しいこれからの夢ができました」

「うん？　それは？」

「それは——旦那様がずっと幸せでおられることです。私は、そのためになら、もっと努力してもっと頑張って、なんでもしようと思います」

「っ——」

ヘルムートの顔がくしゃっと歪んだように見えた。その直後、フロレンティーナの中で萎《しぼ》みつつあった欲望が、むくりと膨れたような気がした。いや、そのまま硬化し勢いを取り戻していく。

「あ？」

驚いて目を見張ると、ヘルムートが再び口づけをしてくる。

「そんな健気《けなげ》なことを言うから、また欲しくなってしまう」

フロレンティーナはさらに目を見開いた。

「え？　え、うそ……こんなすごいこと、一晩に一回じゃないのですか？」

「ああ、本当に君は可愛い。君の言うことなすこと、全部腰にくる」

元の太さを取り戻したヘルムートの屹立が、ゆっくり抜け出ていこうとする。喪失感に腰がぞくぞく震え、フロレンティーナは身じろぎした。

「あっ、だめ、抜かないで……」

「では、挿入《い》れよう」

引き抜きかけた陰茎を、ずん、と最奥に突き入れられ、目の前に火花が散る。

「きゃぁう、やぁ、だめ、挿入れちゃ、だめぇ……っ」

これ以上の行為は、無理だ。死んでしまう。

それなのに、ヘルムートはゆっくりと抜き差しを開始する。

「可愛い、可愛いフロレンティーナ、もっといじめたくなる、もっと乱したくなる」

生真面目な顔でそんな甘いことを言われ、フロレンティーナの思考はとろとろに蕩けてしまう。

溺れてしまう、と思う。

この淫らで深い快楽に、溺れていく。

ゆったりした動きだが、挿入は深く、フロレンティーナはヘルムートの背中に縋《すが》り付《つ》いた。

「んぁ、あ、は、はぁ……ぁ」

「いい声が出てきた。これはどうか？　感じるか？」

一度精を放った余裕だろうか、ヘルムートはフロレンティーナの感じやすい部分を探るみたいに、腰の角度を変えては突き上げてくる。

「あ、あぁん、いやぁ、そこ、あ、やぁん……」

「ここが悦《い》いか？　どうだ？　悦いか？」

もう気持ちいいということしかわからない。

「んぁ、あ、い、いい……です、そこ、気持ち、いい……っ」

恥ずかしいセリフも、するすると唇から溢れてしまう。

「そうか、悦いか、もっと感じてしまうがいい」

ヘルムートは新たに見つけたフロレンティーナの弱い部分を、ぐりぐり抉《えぐ》るみたいに攻めてくる。

「ひあ、す、ごい、ああ、すごい……あぁ、あぁあ」

「その乱れた顔、たまらないな。私にだけ見せろ、私だけのものだ」

ヘルムートも酩酊した声を出し、腰を振り立てながら、勃ちきったフロレンティーナの乳首を甘く噛んできた。

「ひっ、あ、胸、噛んじゃ、だめぇ、あ、ぁあ、痺れて……」

乳首の刺激に、きゅうきゅうと媚肉が嬉しげに収縮する。

「これも悦いのだな、すごい締める。私も、気持ち悦いぞ、フロレンティーナ」

「あ、あぁ、嬉しい、旦那様……嬉しい……っ」

自分と同じ快感を共有している多幸感に、全身がただただ熱く甘く慄く。

もっとヘルムートで満たして欲しい。

ヘルムートにも感じて欲しい。

「ああ、はぁ、旦那様、あぁ、好き、ああ、好き、大好きです……っ」

悦楽に酔いしれながら、フロレンティーナは繰り返し叫んだ。

彼の何もかもが愛おしい。

もう、数え切れないほど絶頂を極め、やがてなにもかもわからなくなり、記憶は薄闇の中に閉ざされていった――。


ベッドの天蓋幕の隙間から、かすかに朝日が差し込んでいる。

ヘルムートはいつもの時間きっかりに、目を覚ました。

長年の鍛錬の成果で、どんなに疲れていても、必ず朝は同じ時刻に起きれるようになっていた。

「うーーん」

腕を上げて伸びをしようとして、自分の胸元にぴったり寄り添って寝ているフロレンティーナの存在に気がつく。

二人とも生まれたままの姿だ。

「あ」

慌てて彼女を起こさぬよう、慎重に手を元に戻す。

フロレンティーナはすうすうと可愛い寝息を立てて、ぐっすりと眠っていた。

赤いぷっくりした唇をわずかに開き、あどけない寝顔に、ヘルムートは見惚《みと》れてしまう。彼女の白い額に垂れかかった後れ毛を、指で掻《か》き上げてやろうとして、剥き出しの肩や胸元に、いくつもの赤い痣《あざ》が散っているのに気がつく。

行為に夢中になり過ぎて、あちこちに吸い跡をつけてしまったのだ。

昨夜は、少しーーいや、かなり激しくし過ぎてしまったかもしれない。

初めてだというのに、彼女をくたくたになるまで抱き潰してしまった。

これまで、まだ幼さが残りか細く華奢なフロレンティーナを抱くことを、ずっと躊躇していた。

だが、日に日に彼女に対する欲望を抑えがたく、恥を忍んで執事長のガストンに相談した。

ガストンは、どこからか手に入れた初夜用の媚薬《びやく》を渡してくれた。

この薬を使えば、どんな初心な娘でも劣情の虜《とりこ》になり、素直に行為に夢中になると言われた。

こんなものを無垢なフロレンティーナに使うことに、わずかな引け目を感じたが、彼女に恐怖や苦痛を与えることの方がもっと恐ろしかったのだ。

媚薬の効果は強烈で、恐怖と羞恥から解放されたフロレンティーナは、身体も反応も素晴らしいものだった。ヘルムートは一晩で彼女にすっかり耽溺《たんでき》している自分を感じている。

これまで、理性を失うことなぞついぞなかったので、こんな小さな娘に溺れてしまったことに、戸惑いを隠せない。

だが、悪い気分では決してない。

朝、目覚めると腕の中に、こんなにも愛らしいふわふわした乙女が無防備で眠っているのだ。男なら抗《あらが》えない、甘い夢のようではないか。

ヘルムートは、自分の口元がわずかに緩んでいることに、気がつかなかった。

疲れ果てているであろうフロレンティーナを起こさないように、そっと腕を外してベッドから出た。

普段なら、フロレンティーナも同じ時間に起きて、ヘルムートの朝の支度のためにくるくると立ち働くのだが、今日だけは寝坊させてあげよう。

別室で手早く身支度を整え、廊下に出ると、ガストンが部屋の外で待機していた。

「おはようございます、ご当主様」

「あ——うん、おはよう」

ヘルムートはガストンに初夜をすませたことを気取られるのが気恥ずかしくて、わざと厳格な表情をした。

ガストンはそんなことは承知の上のようで、しれっと言う。

「そのご様子だと、昨夜は奥方様とうまくことが運ばれたのですね。おめでとうございます」

ヘルムートは居心地が悪く、さらにむすっとなる。だが、ガストンの手配した媚薬の効果で、無事初夜を済ませられたことは確かだ。

律儀なたちのヘルムートは、そこはきちんとしておきたい。

「む——まあな、お前の機転のおかげだ。礼を言う」

ガストンは頭を下げる。

「いえいえ。ご当主様と奥方様が、さらに仲良くなられることが、バルツァー家の未来に繋がるのでございますから。この老体に鞭打《むちう》って、全力でサポートいたしますとも」

「そこまで力を入れずともよい」

ヘルムートは目元が赤くなるのを感じたが、咳払いをしてごまかし、廊下を先に立ってさっさと歩き出す。

軽く朝食を済ませ、玄関ホールで今日の仕事の予定についてガストンと打ち合わせをしている時だった。

中央階段の上から、ぱたぱたと軽い足音が響いてきた。

「旦那様、旦那様！」

ガウンを羽織ったフロレンティーナが、階段を一足飛びに下りてくる。裸足《はだし》のままだ。寝起きのまま飛び出してきたのか。

「申し訳ありません！　寝過ごしてしまいました。ごめんなさい！」

フロレンティーナは玄関ホールまで辿り着くと、はあはあと息を切らしながらヘルムートに近づいてくる。

ヘルムートは目を瞬いた。

たった一晩で、少女の面影を残していたフロレンティーナは、見違えるように色っぽく艶かしい雰囲気を身に纏《まと》っていた。

まるで、さなぎが美しい蝶《ちょう》に羽化した瞬間を見るようだ。

「君は疲れたろうから、寝ていてよかったのだよ」

ヘルムートの言葉に、フロレンティーナはふるふると首を振る。

「いいえ、いいえ。旦那様をほっておいて眠りこけているなんて、妻として失格です。明日から、ぜったいにこんなことはないように気をつけます」

背中まで届く艶《つや》やかな栗色の髪の毛が朝日に照り映え、エメラルド色の目がキラキラし、頬がピンクに染まって、どきりとするほど美しい。思わず抱きしめて口づけしたい衝動にかられ、ヘルムートはあわやで自制心を発動する。

「うん——君が思う通りにしなさい」

咳払いしながら答えると、フロレンティーナはほっとしたように笑みを浮かべた。

そして、ヘルムートにさらに近づくと、彼の襟元のクラヴァットにそっと両手を添えてきた。

「少し曲がってます。すぐに直しますから」

フロレンティーナは慣れた手つきで、クラヴァットを結び直した。

ついこの間まで、結び方もわからずおたおたしていたフロレンティーナも可愛らしかったが、てきぱきと働く彼女も好ましい。

フロレンティーナがなにかに集中すると、赤い唇がわずかにツンと前に出ることに、ヘルムートは初めて気がつく。

思わず、その唇にちゅっと音を立てて口づけしていた。

「ん――」

まだクラヴァットに手をかけていたフロレンティーナは、目を丸くした。

さっと顔を離したヘルムートは、何事もなかったかのように言う。

「では、行ってくるよ」

フロレンティーナは頬を赤く染めたが、気を取り直してうなずく。

「はい、行ってらっしゃいませ、旦那様」

気がつくと、ガストンは何処へか姿を消している。

気を利かせてくれたのだろうが、それがまた癪《しゃく》である。

しかしそれよりも、フロレンティーナの存在の方がはるかに大事だった。

「早く着替えなさい。風邪をひかぬようにな」

シルクハットを被りながらそう声をかけると、直後、

「はくしゅん」

フロレンティーナが可愛らしいくしゃみをした。

「あっ、ごめんなさい」

彼女が真っ赤になって、口元を両手で隠す。

「ふ――」

ヘルムートは顔が緩みそうになり、慌てて唇を引き締める。

朝から声を出して笑うなど、不謹慎だ。

余計に怖い顔になって、ヘルムートは屋敷を後にした。

馬車止まりで待ち受けていた御者が、ヘルムートの機嫌が悪そうに見えたのか、びくびくしながら馬車の扉を開けた。

ヘルムートは乗り込んだ途端、大きく息を吐き、やれやれと首を振った。

かつてないほど、自分が浮ついているのがわかったのだ。

第二章　蜜月は蕩けるように甘く

早朝、フロレンティーナは屋敷の中庭で、遅咲きの薄桃色の薔薇を摘んでいた。まだ開ききっていない、蕾《つぼみ》のものを選んで枝切り鋏《ばさみ》で剪定《せんてい》していく。

先日、寝室のベッドのそばに、思いついて切り花を飾ってみたのだ。

それを、ヘルムートがたいそう気に入ってくれた。

「朝、花の香りで目覚めるのは、なんとも気分の良いものだな」

彼が爽やかな顔で言ってくれたので、フロレンティーナは嬉しくて胸が躍った。

それからは、毎朝、庭に出ては生花を摘むのが習慣になった。

ヘルムートの書斎、私室、寝室と、部屋ごとに飾る花にも気をつかった。

書斎は仕事の邪魔にならないよう、香りの弱い花。私室には、心和む青色系の花。そして寝室は、甘い匂いするピンク系の色の花を。

毎日皇城に上がり、重要な仕事に勤《いそ》しむヘルムートの心身を、少しでも癒《いや》してあげたい。その一心だった。

初めて身体が結ばれた日から、ヘルムートは毎晩、情熱的でかつ優しくフロレンティーナを抱いてくれるようになった。

媚薬を使ったのは最初だけだったが、一度快楽を刻み込まれたフロレンティーナの官能は、みるみる開花していった。

抱かれるたびに愉悦が深まり、今ではヘルムートのため息ひとつ、指先の動き一つでも淫らに甘く感じてしまうほどになってしまった。

男女の営みに怯えていた頃が、まるで遠い昔のようだ。

フロレンティーナは、心身ともに満ち足りた幸せを感じている。

ただ、ヘルムートがいつまでも堅苦しい態度を変えないことだけが寂しい。

冷たいわけではないし、いつも穏やかに優しく接してくれるけれど、決して笑いかけてくれない。

それは彼が、フロレンティーナに愛情がないせいだろう。

きっとフロレンティーナでは物足りないのだ。

出世と後継ぎのための結婚だから、仕方ないと思っているが、一抹《いちまつ》の寂寥《せきりょう》感は拭えないのだ。

フロレンティーナは手の動きがいつの間にか止まって、ため息をついている自分に気がつく。

「いけない、いけない。元気を出そう。私がもっと努力して、旦那様が満足してくださるような妻になればいいのだわ。そうよ、いつも私は笑っていよう。そして、いつかきっと――」

フロレンティーナは顔を上げ、笑顔を作った。

その日の午後のお茶の時間のことだ。

今日はヘルムートは午前勤務で、お茶の時間には帰宅すると聞いていたので、アンネに手伝ってもらって、張り切ってお茶の支度をしていた。

「今日はお天気もいいし、サンルームでお茶を飲むのはどうかしらね、アンネ」

「よろしゅうございますね。では、茶器もガラス器にしましょう。ご当主様も爽やかなお気持ちになられましょう」

「わあ、それはいい考えだわ、そうしましょう」

明るいサンルームに、純白なテーブルクロスを広げたテーブルを運び、繊細なガラスの茶器を並べた。焼きたてのマフィンとスコーン、フレッシュなバター、ジャム、ひとつひとつ丁寧に配膳していた時だ。

玄関前に馬の嘶《いなな》きと馬車の軋《きし》む音が聞こえた。

「あ、旦那様のお帰りだわ」

フロレンティーナはぱっと振り返り、後をアンネに頼み、いそいそと玄関ホールに向かった。

廊下の途中で、ガラス窓に自分を映して、髪の乱れを手でさっと直す。

髪結い係の侍女のすすめで、最新流行の髪型に結ってもらってある。

いつもは若い娘らしいふっくらとした髪型なのだが、ぴっちりと結い上げ、うなじにだけ巻き髪を垂らした大人びた髪型に挑戦してみたのだ。

デイドレスも髪型に合わせ、深いグリーンでフリルを抑えめにした落ち着いた雰囲気のデザインを選んだ。自分でも見違えるくらい色っぽいと思う。

ヘルムートはどんな顔をするだろう。

似合うと言ってくれるだろうか。

うきうきしながら玄関ホールに出て行くと、ちょうどヘルムートがガストンを伴って、入ってくるところだった。

「お帰りな……」

声をかけようとして、ヘルムートの表情が険しく凍りついているのに気がつき、ハッと声を飲んだ。

ヘルムートの後ろから、二人の男女が入ってくる。

その一人は、ヘルムートの父だ。もう一人は、すらりと背の高い気品のある若い女性だ。

ヘルムートと父の間になんらかの確執があることを知っているフロレンティーナは、出て行っていいものかと戸惑う。

だが、来客なのに知らん顔もできない。

「──いらっしゃいませ」

遠慮がちに出迎えた。

ヘルムートはフロレンティーナの顔を見ると、ふっと表情を緩めた。

「む──この小娘はまだ居座っておるのか」

ヘルムートの父は、じろりとフロレンティーナを睨んだ。

ヘルムートが片眉をぴくりと上げる。

フロレンティーナは慌てて、場の空気を取り繕うとした。

「あの、お客様でございますね。どうぞ、居間の方へ──」

「うむ、このお方はド・メニ公爵の一番下のご令嬢、アレクサンドラ嬢であられる」

ヘルムートの父が、背の高い令嬢を紹介した。

「初めまして、アレクサンドラです」

アレクサンドラ嬢は優美に微笑み、しなやかな動作で一礼した。

艶やかな金髪に青い目、手入れの行き届いた白い肌、気品ある美貌、姿勢の良い上品な立ち姿。細かいドレープの青いスカートは、背の高い彼女にとてもよく似合っていた。

威圧感を感じ、フロレンティーナは声を失ってしまう。

ヘルムートがすかさず助け舟を出してくれた。

「ド・メニ公爵令嬢、彼女はフロレンティーナ、私の許婚《いいなずけ》です」

ヘルムートの言葉に、父があからさまに不機嫌な顔になったが、フロレンティーナは少し気持ちが落ち着いた。

「ようこそ、フロレンティーナと申します」

できるだけ品良く礼を返した。

アレクサンドラ嬢は意味ありげな表情で、ちらりとヘルムートの父の方を見たが、すぐに笑みを浮かべてうなずく。

「よろしく、フロレンティーナさん」

ヘルムートとヘルムートの父が揃ってむっとしているので、フロレンティーナはことさら笑顔になって、来客を誘った。

「さあさあ、ちょうど今、サンルームにお茶の準備をしていましたの。どうぞ、お義父様、アレクサンドラ様、こちらへ――」

「あなたに案内されなくても、よい」

ヘルムートの父はすげなく答え、アレクサンドラ嬢の手を取ると、さっさと先にサンルームへ向かって歩き出す。

フロレンティーナは一瞬立《た》ち竦《すく》んだ。

「気にするな、フロレンティーナ。いつもの父上の気まぐれだ。すぐに追い返す」

ヘルムートがさりげなく身を屈《かが》め、フロレンティーナの耳元でささやいた。

「あ、はい。大丈夫です。いえ、せっかくお義父様がおいでになったのですから、歓迎しなくては。ガストン、旦那様のお着替えを頼みます。私は、お茶をお出ししますから」

フロレンティーナは気を取り直し、アンネを呼んで一緒に厨房《ちゅうぼう》に向かった。

人数分のお茶を用意し、アンネにワゴンを押させ、サンルームに入って行く。

テーブルでヘルムートと向かい合わせで、ヘルムートの父とアレクサンドラがしきりに楽しげに会話をしている。

ヘルムートは憮然《ぶぜん》とした表情で座っていた。

お客様にあからさまにそんな不機嫌な顔をするなんて失礼だわ、とフロレンティーナは思い、ことさら明るい声を出した。

「さあさあ、お茶を召し上がってください」

アンネに命じて、茶器を配らせる。

フロレンティーナは焼き菓子の皿を差し出して、アレクサンドラに勧めた。

「どうぞ、焼きたてのマドレーヌです。私が腕を振るったんですよ」

菓子を受け取りながら、アレクサンドラはごくごく自然に言う。

「まあ、私、お菓子なんて作ったことがございませんわ。フロレンティーナさんは、器用な方なのですね」

ヘルムートの父が意地悪く返した。

「普通、育ちの良いご令嬢は、侍女のように厨房に入って料理などせぬものだ」

いかにもフロレンティーナの育ちが悪いように言われ、屈辱でぐっと声を飲み込んだ。養親にはほとんど放置されて育ったので、フロレンティーナは自然と使用人たちと親密になっていた。それで、料理や裁縫を覚えたのだ。バルツァー家に来てからも、その習慣は変わらなかったが、ヘルムートを始め誰も咎《とが》めたりしなかったので、それが普通だと思い込んでいた。

でも考えたら、上級貴族のご令嬢は自分から家事をすることなど、ないに違いない。

アレクサンドラの白くすべすべした綺麗な手を見て、フロレンティーナはそれを思い知る。

「私はフロレンティーナの作る料理は、どれも好ましい。まるでシェフのように上手だし、私の好きな味も心得てくれている」

ふいに、それまで押し黙っていたヘルムートが低い声でそう言い、自分から菓子に手を出して口に運んだ。

「レモンが程よく効いて美味だ。甘いものが苦手な私でも、幾つでも食べられる」

生真面目な顔でそう言われ、フロレンティーナは胸にじんわりと嬉しさが込み上げてきた。今まで暮らしてきて、ヘルムートがお世辞など言わない人だとわかっているので、彼がほんとうにそう思っていてくれているのだとわかる。

あえて人前で褒めてくれたのが、胸に沁みた。

ヘルムートの父が苦虫を噛《か》み潰《つぶ》したような顔になる。彼は気を取り直したように、アレクサンドラに話かける。

「ところでご令嬢、来月のド・メニ家のガーデンパーティーでは、なにか目玉の催し物がございますかな?」

アレクサンドラは目を輝かせる。

「ええ、外国でも名高いバイオリニストをお呼びしての演奏会を開きますのよ。それに、庭にコートを作らせましたから、今流行《はや》りのテニス大会も開こうと思いますの。そうだわ、フロレンティーナさんもご招待しますから、ぜひ、テニス大会にご参加くださいな。やっぱり、サージのドレスの方が動きやすいかしらね? それともフランネルの方がいいかしら。ドレープを抑えて後ろにボリュームを出した、最新のバッスルスタイルはどうかしらね?」

話が振られて、フロレンティーナは内心狼狽《うろた》えながらも、かろうじてうなずいた。テニスなどしたこともない。

「え、ええ……そうですね」

「おやおや、フロレンティーナ嬢は、ガーデンパーティーに出たことがないようだな。テニスがなにか、ご存知なのかね？」

すかさず、ヘルムートの父が意地悪く畳み掛けてきた。

フロレンティーナは背中に冷や汗が流れるのを感じる。

アレクサンドラは無邪気に話しかけてきた。

「あら、テニスはお嫌いかしら？　では、テニスはよろしくてよ。裏の河で、手漕《てこ》ぎボートを出させますから、川遊びをしましょうよ。帽子はボンネットの方がよろしいわね。私はル・モンド社のデザインが好みなのですけれど、フロレンティーナさんは、どこのものがお好きかしら？」

ぽんぽん高級ブランド名が飛び交う会話に、到底ついていけそうにない。フロレンティーナはいたたまれなくなり、思わず立ち上がった。

「あ、お茶が切れそうですわ。私、ちょっと行ってまいります」

口の中でぼそぼそ言うと、素早く一礼して逃げるようにサンルームを後にした。

背後で、ヘルムートの父がこれ見よがしに大声を出す。

「さすが、社交界一の名家ド・メニ家でありますな。ヘルムート、お前の代になってから一度も開かれんが、我が家でもそろそろ大々的なガーデンパーティーを催して、名士を招待したらどうだ？　一流貴族の慣習をないがしろにするものではない。そのためにも、采配を振るう上流階級出身の妻がふさわしいのだぞ」

フロレンティーナは耳を塞ぎ、廊下に駆け出した。

サンルームから離れると、廊下の壁に身をもたせかけ大きく息を吐いた。

「とても、かなわないわ……」

今まで、ヘルムートのために一生懸命努力して、淑女になろうとしてきた。

けれど、アレクサンドラのように生まれながらの上流貴族の淑女を目の前にすると、自分がいかに安っぽく育ちが悪いのかがまざまざと露呈された。

アレクサンドラは、何不自由なく両親の愛情に包まれ、贅沢《ぜいたく》に優雅に育ったのだろう。無邪気なくらいに、自分の生きている世界だけで充足している。人生に何の迷いも疑いもない。眩し過ぎる。

本当に無垢な女性とは、あのような人のことをいうのだろう。

そして、ヘルムートの父が、そういう女性をヘルムートの妻にふさわしいと思っていることがよくわかった。

フロレンティーナ自身ですら、気品にあふれ洗練されたアレクサンドラとヘルムートが並んだ方が、よほどお似合いの夫婦になるだろうと思ってしまう。

地位も育ちも教養も容姿も、アレクサンドラに勝てるものはなにひとつ持ち合わせていない。

「う……ぅ」

苦い涙が溢れてくる。

「──フロレンティーナ」

声をかけられ、びくりと肩を竦ませた。

素早く涙を拭って振り返る。

廊下の向こうに、気遣わしげな表情でヘルムートが立っていた。

「あ、旦那様……申し訳ありません。今すぐお茶のお代わりを……」

「いや、もういい。二人には帰ってもらったから」

「え?」

ヘルムートが足早やに近づいてきた。

「君を父上の茶番に付き合わせてしまった。悪かった」

「茶番、だなんて……」

「いや、わざわざド・メニ公爵令嬢を同伴してくるなど、君への嫌がらせとしか思えない」

フロレンティーナは胸がずきりと痛んだ。

やはりヘルムートも、フロレンティーナとアレクサンドラの差が歴然とわかっていたのだ。

「いいえ……私、旦那様に恥をかかせてしまいました。私、全然アレクサンドラ様の会話についていけなかった……ごめんなさい……」

語尾が震えてしまう。

「上流階級のお嬢様の遊興など、君が詳しくなくても当然だ。そもそも、我が家ではそうしたパーティーを開いてこなかったからね。必要となれば、その時にマナーを学べばいいことだ。君が望まなかったので、高級ブランド品も与えなかったが、望むのならいくらでも贅沢品《ぜいたくひん》を用意できるよ」

フロレンティーナはふるふると首を振る。

「いいえ、それこそ付け焼き刃です。アレクサンドラ様のように、マナーも流行りのファッションも当然のように身についてしかるべきなんです。そういうご令嬢こそが、バルツァー家にはふさわしいのかもしれません」

ヘルムートの片眉がぴくっと上がる。

「どう言う意味だ？　ここにいたくないということか？　私の妻になりたくないということか？」

「そういうことではありません。でも、旦那様、いえ、ヘルムート様は、この国の未来を背負っていく大事な人。ふさわしい女性は、他におられるのかもしれません」

ヘルムートの声が大きくなった。

「そういうことではないか！　君は私と結婚したくないと言っている」

フロレンティーナも思わず声を張り上げた。

「違うの。私はヘルムート様の妻になりたいです。でも、ヘルムート様がご出世のために結婚する必要があるのなら、私でなくてもいいのではないのですか？」

「私にド・メニ譲と結婚しろというのか？」

「その方が、世間的にはふさわしいかと――あなたのお父様だって……それに皇帝陛下もきっと、アレクサンドラ様のほうが……」

「父上は関係ないだろう！」

怒鳴り声を上げられ、フロレンティーナはびくんと身を竦めた。

今まで、ヘルムートに大声を出されたことがなかったので、すっかり怯えてしまった。

「だって……だって……」

嗚咽が込み上げてくる。

「――奥方様、どうなされました？」

廊下の向こうから、二人の諍《いさか》いを聞きつけたのか、アンネの声が近づいてきた。

「――っ」

ヘルムートはこの場を使用人に見られるのがまずいと思ったのか、やにわにフロレンティーナの腕を掴むと、すぐそこの書斎の扉を開き、そこへ引《ひ》き摺《ず》り込《こ》んだ。

「あ……」

ヘルムートはフロレンティーナを中へ押し込め、後ろ手で扉の鍵を閉めた。

そのまま大股で迫ってくる。

彼の威圧感に、フロレンティーナは思わず後ずさりする。

「ヘルムート様……」

ヘルムートの端整な顔が蒼白《そうはく》になっている。

「そんな、他人行儀な呼び方をするな」

怒りとも悲しみとも似つかぬ表情をしていた。こんなに感情を剥き出しにした彼を、見たことがない。

フロレンティーナは背後の書架に追い詰められる。

ヘルムートは書架に両手を付き、フロレンティーナを囲うようにして、獲物を狙う獣のような眼差しで見下ろしてきた。

自分の言動の何が、ヘルムートを怒らせてしまったのだろう。いつだって、ヘルムートのためだけを考えていたのに。フロレンティーナはなんとか彼をなだめようとする。

「ヘルムート様、どうか落ち着いて……」

「私はいたって冷静だとも」

「でも、怖い顔をなさっています」

「君が、ぜんぜん私のことを理解していないからだ」

「そんなこと……」

「ではなぜ、父上や皇帝陛下など持ち出す」

「だって、だって……ヘルムート様がご結婚なさるのは、皇帝陛下のご命令でしょう？　初めにそうおっしゃった。大臣の地位のためにだって……」

自分で言っていて虚《むな》しくなる。

ヘルムートは必要に迫られて求婚した。自分はその機会に乗じて、うまうまと妻の地位を手に入れたのだ。ヘルムートを愛しているから、どうしても結婚したかった。ヘルムートの打算だけではなく、フロレンティーナにだってあさましい打算があった。

ヘルムートは、不意に口を噤んでしまう。

図星を指されて言葉に詰まったのだろうか。

言い過ぎたかもしれない、フロレンティーナは涙目で彼を見上げた。

「では——君は、私が自分の気持ちはどうでもいいと思っている、というのか？」

ぐぐっとヘルムートの顔が迫ってくる。

殺気立った彼の表情もぞくぞくするほど魅力的で、フロレンティーナは目を奪われた。

「き、もち……？」

「そんな愛らしい顔で、残酷なことを言う」

「え？」

いきなり、食らいつくような口づけを仕掛けられた。勢い余って、互いの前歯ががちっと鈍い音を立てる。

「っ、ぐ……ぅ」

ヘルムートの熱い舌が、強引に唇を割って侵入してきた。どちらかの唇が切れたのか、微《かす》かな血の味がして、なぜか異様な興奮を掻《か》き立《た》てる。

ヘルムートの舌が乱暴に口腔を掻き回し、フロレンティーナの舌に絡んできつく吸い上げた。

「は……ぁっ……ぁ」

魂まで奪うような激しい口づけに、フロレンティーナの意識が一瞬飛びそうになった。

「や……め……」

小さな拳でヘルムートの胸を叩くと、たくましい腕が背中に回り、強く抱きしめてきた。息ができなくて、フロレンティーナはじたばたともがいた。

だが、舌の付け根まで強く吸い込まれ、口蓋をくまなく舐め回されると、甘い痺れが全身から力を奪っていく。

「は、ふぁ……ぁ、あぁ……」

頭が官能の陶酔でくらくらする。ヘルムートはさらに身体を押し付け、フロレンティーナのスカート越しに、自分の膝を割り入れて秘所を刺激してきた。

「んあぁ、あ、だめ……やめ……ぁ」

下腹部にじんと淫らな疼きが走り、息が乱れ悩ましい鼻声が漏れてしまう。

ヘルムートは容赦なく、深い口づけを延々と続け、フロレンティーナから抵抗する気力を奪っていく。

やがて、フロレンティーナは腰が抜けたようになり、ぐったりとヘルムートの口づけに蹂躙《じゆうりん》されるがままになった。

長い時間の後、ヘルムートは唾液の銀の糸を引きながら、やっと唇を解放してくれた。

「はぁ……あ、はぁ、はぁ……」

フロレンティーナは上気した顔で、浅い呼吸を繰り返すしかできない。

「君の身体はとても正直だ。こんなにも素直に私に反応してくれるのに、どうして気持ちはわかってくれない？」

フロレンティーナは彼の言葉の意味が理解できず、弱々しく首を振る。

その意味を、ヘルムートは拒絶だと受け取ったようだ。

彼はやにわにフロレンティーナのスカートを大きく捲《まく》り上げ、ドロワーズを乱暴に引き下ろした。剥き出しの下腹部が外気にさらされ、ぶるりと大きく慄いた。

節高い指が、性急に花弁をまさぐる。ぬるっと彼の指が滑るのがわかる。

「……っ、あっ……」

「なんだ、もうびしょびしょではないか」

ヘルムートは勝ち誇ったようにつぶやき、わざとくちゅくちゅと猥りがましい水音を立てて、指をうごめかせた。すでに熱く熟れた媚肉を掻き混ぜられると、ぞくぞくと淫らな快感が下肢に走り、膝が震える。

「はぁ、あ、や……だめ、指、動かさないで……」

「そう言いながら、君のここは私の指を締め付けて離さない」

ヘルムートは指を動かしながら、フロレンティーナの耳朶を甘く噛み、耳殻に沿ってねっとりと舌を這《は》わせてきた。

「はあっ、あ、や、耳、やぁ……っ」

ねちねちと粘っこい音が耳孔に響渡り、時折ヘルムートがふうっと熱い息を吹きかけて鼓膜を震わせるのも、どうしようもなく感じ入ってしまう。

隘路から新たな愛液が溢れ、ヘルムートの指をびっしょりと濡らしてしまう。

「そら、君の弱いところは全部知っている」

ヘルムートは、蜜口から溢れる愛蜜を掬い取り、すでに硬く尖っている秘玉にたっぷりと塗りこめた。

「ぁあっ、はぁっ、あ、そこだめ、あ、だめぇ、あ、ぁ……んんっ」

くりくりと花芽を転がされると、得も言われぬ深い快感がどんどん下腹部の奥に溜まっていき、耐えきれない。さらに鋭敏になった秘玉を、上下に懇《ねんご》ろに撫でられると、もう立っていられないほど気持ちよくなっていく。

「あ、だめ、だめ……っ」

フロレンティーナは腰をがくがくと慄かせながら、短い絶頂が繰り返し襲ってくるのに耐えようとした。唇を強く噛み締め、あられもない声を抑えようとする。

だが、ヘルムートの指は残酷なほど優しくフロレンティーナを追い詰める。

鋭敏な雌芯をきゅうっと摘《つま》み上げられると、激烈な快感に膣壁が強く収斂《しゅうれん》した。

「やああっ、あ、あ、あぁあっ……ん」

耐えきれず、フロレンティーナは背中を弓なりに仰け反らし、深い絶頂に達してしまう。

「はぁ、は、ぁ、はぁ……」

仰け反ったまま忙しない呼吸を繰り返していると、意図せず突き出した胸元にヘルムートが顔を埋め、布地越しにこりっと凝りきった乳首を齧《かじ》ってきた。

「んはぁ、あ、乳首……だめ、あ、噛まないで、あ、あぁ、あ、あ……」

じんじんと痺れる刺激が、子宮の奥をさらに飢えさせる。

両足が求めるみたいに緩んでしまう。

「私が、欲しいか？」

艶めいた低い声が耳孔を犯す。

背中に怖気《おぞけ》のような震えが走り、媚肉がせつなくきゅうきゅう収縮する。

「んや……や、やぁ……」

ヘルムートが欲しくてたまらないけれど、愉悦になし崩しにされてしまうのが怖くて、思い通りになりたくない。

頬を上気させ、目を強く瞑る。

「頑固だな――そんな儚い抵抗をしたって、君を思い通りにさせるのはたやすい」

ヘルムートはそう言うや否や、フロレンティーナの細い腰を抱え、くるりと裏返しにした。

「あっ……」

書架に両手をつく格好にされ、背後から腰の上まで大きくスカートを捲り上げられた。

「あ、あ、や、こんなところで……」

弱々しく身悶えしたが、かえって相手を誘うように尻を振りたてているようにしか見えない。

ヘルムートは自分の身体と書架でフロレンティーナを挟み込むようにして、身動きを押さえ、素早く片手で自分のトラウザーズの前を寛げた。

「あっ？」

熱く硬い灼熱《しゃくねつ》の剛直が、太腿の間に押し込まれた。

「私が、欲しいか？」

ヘルムートは挿入はせず、太い血管の浮き出た肉胴でぐちゅにちゅとフロレンティーナの灼けついた媚肉を前後に擦り立てた。

「はぁ、あ、だめ、擦らないでぇ……あ、あぁ……ぁん」

じんじん痺れた花弁が満遍なく擦り上げられ、気持ちよくてたまらない。

フロレンティーナの柔らかな尻肉とヘルムートの引き締まった下腹部が打ちあたる、ぱちゅんぱちゅんというくぐもった卑猥な音も、快感を増幅させる。

愛液まみれの太茎は、どんどん熱を持ち、擦れ合う部分が火傷《やけど》でもするみたいに燃え上がる。

傘の張ったカリ首は、ヘルムートが腰を振るたびぬるぬると充血した秘玉を押しつぶし、頭が喜悦で真っ白になる。

「んぁ、は、だめ、は、はぁ、や、あ、も……もう……っ」

達きたくてたまらない。

ヘルムートの腰の動きに神経を集中させ、あさましく快感だけを拾おうとする。

すると、ふいにぬるりとヘルムートが腰を引いてしまった。

「あ？　いやぁん」

上り詰めようとしていた足元を外されて、フロレンティーナは思わず不満げな声を漏らしてしまった。

ヘルムートがふっとため息を吐く。

彼は亀頭の先端だけで、ちゅくちゅくと蜜口の浅瀬を掻き回した。

「ここに、挿入《い》れてほしいかい？」

「あ、ぁあ……ぁ」

中途半端な刺激は、もはや苦痛でしかない。

「いやぁ、意地悪しないで……ぇ、お願い……」

フロレンティーナは尻をもじつかせた。

「どうして欲しい？　ちゃんと口にしないと、このままだ」

ヘルムートの息も乱れて、彼も激しく欲情しているはずなのに、余裕ある態度を崩さない。

「ん、んぁ、や、ひどい……こんなの……」

飢えてひくつく花弁の狭間から、とろとろと粘っこい愛液が溢れ、太股《ふともも》から膝の方にまで滴っていく。

「私が欲しいと言うんだ。素直になれば、天国に連れて行ってあげるよ」

「ぁ、あぁ、あ……うぅ……」

蜜壺が、太くて硬いもので満たし突き上げて欲しくて、きゅうきゅう収縮を繰り返し、フロレンティーナを追い詰める。

「……あ、あ、お願い……」

フロレンティーナは肩越しにせつない眼差しでヘルムートを見つめた。

「欲しい……の」

消え入りそうな声で言う。

ヘルムートは軽く媚肉を突つきながら、まだ許してくれない。

「もっとちゃんとおねだりするんだ」

「あぁ、あ、ひどい、あ、ひどい……ぁあ」

フロレンティーナは劣情に追い詰められ、とうとう恥ずかしい懇願を口にする。

「欲しいの、旦那様のものが……太くて硬いので、私のここを埋めてください。めちゃくちゃに突いて、達かせてください……！」

ひと息に言い終わると、羞恥で全身がかあっと熱くなった。しかし、恥ずかしさすら欲情の火に油を注いでしまう。

思わず背後を片手で探ってしまう。

すると、その小さな手にごつごつとした熱い脈動が押し付けられた。

「君が欲しいのは、これか？」

フロレンティーナは思わずそれを握り、滾ってそそり勃つ太茎をにちゅにちゅと擦った。

「これが……欲しいのぉ」

「いい子だ」

やにわにヘルムートはフロレンティーナの両手首を掴むと、腕を後ろに捻《ひね》り上げた。

その勢いと共に、剛直が一気に媚肉を押し開いて挿入された。

「はあああっ」

ずん、と最奥まで刺し貫かれ、フロレンティーナは瞬時に苛烈な絶頂に達してしまった。

「あ、あぁ、あぁあ……」

内臓まで突き上げられたような衝撃に、息が詰まり四肢の力が抜け、受け入れた内壁だけがびくびく力強く痙攣する。

それだけでなく、さらに奥へ求めるように淫らな蠕動《ぜんどう》を繰り返す。硬い太茎を締め付けると、自らさらなる快感を生み出し、気が遠くなった。

「く——なんて締め付けだ。もう達してしまったのか？」

背後でヘルムートが息を凝らし、低く唸《うな》る。

「はぁ、あ、や……こんなの、怖い……」

自分で求めておいて、正気を失いそうな予感に、フロレンティーナは逃れようと身を捩った。だがヘルムートはフロレンティーナの指に自分の指をきつく絡めて動きを阻み、熱い楔《くさび》を容赦なく穿《うが》ってきた。

「あ、あぁ、あ、は、ぁあ……っ」

子宮口まで抉られるたび、深遠な悦楽に目が眩《くら》んだ。

「熱い——溶けてしまいそうだ。君の中、すごく悦い」

ヘルムートは腰の角度を変えて、斜め下からずんずんと突き上げてきた。

「ひぁあ、あ、そこ、あ、いやぁ……っ」

凄まじい官能に煽られ、フロレンティーナは甲高い嬌声を上げ、びくびくと身をのたうたせた。

二人の動きの激しさに、作り付けの書架ががたがたと振動する。

綺麗に並んでいた書物が徐々にずり動き、やがてばたばたと床に落ちていく。

「はぁ、あ、だめ、あ、本が……あ、あぁぁっ、だめぇっ」

書物の心配をする余裕はもうなかった。

傘の張ったカリ首が奥をぐりぐりと掻き回すのがたまらなく悦くて、快楽に満たされた頭はもうより気持ちよくなることしか考えられない。

ヘルムートの腰の律動に合わせて、あさましく腰を振りたててしまいそうになる。

これまでも、性的快感が深まるたびに、身体の器官が大きく変化していくのを感じていたが、今また、もっと堕落してしまいそうな予感があった。

それは、官能の悦びに抗えなくなるだろうという恐怖だ。

どんな状況でも、いったんヘルムートに抱かれてしまうと、もうなにも考えられず、彼の意のままになってしまうだろう。

今までは、無垢な肉体に刻み込まれるヘルムートの与える愉悦に歓喜していただけだったが、これ以上知ったら自分が自分でなくなりそうで、恐ろしい。

「ふぁ、あ、や、やぁ、あ、また……あ、また達く、あ、達っちゃう……あ、あぁ、やぁ、許してえ、もう、もう許して……ぇ、おかしくなる、おかしくなっちゃう、からぁ……」

間断なく達してしまうたび、ぽろぽろと涙を零し、意識を保とうと言葉を紡いだ。

「許さない、おかしくなれ、私のことしか考えられないようにしてやる、私を感じ、私のことだけ考えていればいい」

ヘルムートは背後から強引にフロレンティーナの唇を奪い、懇願の声を塞ぐ。

「う……ぐ、ふ、ふぁ、ふ……ううう」

痛みを伴うほど強く舌を噛まれ、フロレンティーナは喉の奥でくぐもった悲鳴を上げる。

ヘルムートはがつがつと腰を打ち付けながら、やにわに片手をフロレンティーナの前に這わせてきて、敏感な秘玉を探り当てる。

「ひぅっ、う、や、そこ……っ」

フロレンティーナはびくんと腰を浮かせる。

ヘルムートは尖りきった花芽を、指の腹で細やかに揺さぶってきた。鮮烈な快感がびりびりと腰に走り、ヘルムートの欲望を強く締めていた媚肉にふうっと力が抜けた。

直後、熱くさらさらした大量の液体が、じゅわあっと吹き出し、二人の結合部をびしょびしょに濡らした。

「やああ、あ、なにこれ？　あ、や、あ、出ちゃう、あ、出ちゃうっ」

感じすぎて粗相でもしてしまったのかと、フロレンティーナは羞恥にかあっと頭が煮え立った。唇を引き剥《ひは》がし、泣き叫ぶ。

「旦那様、だめ、私、なにか、漏らして……あ、ぁ、恥ずかしい……っ」

しかしヘルムートはやめるどころか、さらに追い立てるように律動を早めてくる。溢れた液体がぐちゅぐちゅと泡立ち、子宮口の少し手前のぷっくりした箇所を突かれるたびに、大量の液体を吹き出してしまう。

「やめ……やめ……ぁあ、あぁ、あ、だめぇっ、あ、い、いい……っ」

気持ちよすぎて恥ずかしすぎて、フロレンティーナは混乱したまま何度も絶頂を極める。

「あここか、潮を吹いてしまうほど、悦いのだね、もっと、もっとだ」

ヘルムートはがむしゃらに腰を振りたて、秘玉を捻りあげてくる。

「やああ、あ、あ、だめ、だめぇ、あ、だめぇ、死んじゃう……あぁ、だめになって……あぁ、やあぁあん」

完全に理性は吹き飛んだ。

「だめじゃない、悦いだろう？　フロレンティーナ、悦いと言うのだ、気持ちいいと、もっと私が欲しいと」

もうなにもわからない。ただ、狂気のような快楽に堕《お》ちた。

「あぁ、あ、いい、気持ち、いい、あぁ、すごい、すごい……気持ちよくて、たまらない……あぁ、もっと、旦那様ぁ、もっと、して、もっと、めちゃくちゃに……してぇ……」

フロレンティーナは取《と》り憑《つ》かれたように甲高い嬌声を上げ続けた。

「ああ可愛いフロレンティーナ、それでいい、私だけを感じ、私だけを呼べ、フロレンティーナ」

いつもは冷静で理性的なヘルムートも、快楽に囚《とら》われた一匹の雄と化して、凶暴に飽くことなくフロレンティーナの身体を貪ってくる。

数え切れないほど絶頂を極め、ついに最後の大きな媚悦の波が押し寄せてくる。

「ん、んんぅ、んん、あ、だめ、も、だめ、あ、も……ぅ」

「ああ私も、もう、終わる——出す、出すよ、フロレンティーナ、出る——っ」

「はぁあ、ください、あぁぁん、いっぱい、中で、出してぇ」

ぎゅっと閉じた瞼《まぶた》の裏で、チカチカと銀色の火花が弾け、全身が強く強張り、フロレンティーナは大きく背中を仰け反らせた。

「い……く、……っ」

膣襞が強くイキみ、ヘルムートの剛直をきゅううっと締め上げた。

じた。
感じ入ってうねる濡れ襞の中で、びくびくと屹立が脈動し、大量の白濁液を迸《ほとばし》らせるのを感
ほぼ同時に、ヘルムートが低く呻き、最奥に欲望を吐き出す。
「――っ、ぅ」

「あ、あぁ……いっぱい……」
蜜壺の中にヘルムートの熱い奔流が渦巻く。
「ふ――」
背後でヘルムートは満足げにため息を吐き、動きを止めた。そして、強く握っていた両手を
やっと解く。
「……ぁ、はぁ……は……ぁあ」
もはや自分の足で立っていられないフロレンティーナは、書架に縋《すが》るようにして、ずるずる
と床に頽《くずお》れた。
その際に、ずるりとヘルムートの陰茎が抜け出てしまう。一瞬の喪失感に、腰が猥りがまし
く戦慄いた。開ききった花弁から二人の体液が混ざったものがとろりと溢《あふ》れ出て、その淫靡《いんび》な
生温かさにすら、はしたなく感じ入ってしまう。
「――フロレンティーナ」

ゆっくりと膝を折ったヘルムートが、後ろから抱きしめてきた。

彼は汗ばんだフロレンティーナのうなじや首筋に唇を這わせる。

それだけで、再び内壁がぞくぞく震えた。

「あ、あぁ……ぁあ……」

ぼんやり薄らいでいく意識の中で、フロレンティーナは、自分の中に眠っていた淫猥《いんわい》な快楽の扉をヘルムートが開いてしまったと、感じていた。

そして、彼が淫らな官能の鎖で自分を縛ろうとしているのではないかという、甘く暗い予感に胸が押しつぶされるそうになる。

「奥方様、今日は、イニシャルの刺繍をなさらないのですか?」

昼間、居間でぼんやりと最新流行のファッション雑誌をめくっていたフロレンティーナに、アンネが遠慮がちに声をかけてきた。

彼女は手に、畳んだヘルムートのハンカチと刺繍箱の入った籠を抱えていた。

フロレンティーナは雑誌を脇に押しやり、籠を受け取った。しばらくじっと籠を見つめ、おずおずと尋ねる。

「ねえ、アンネ――旦那様は、私が小間使いみたいなことばかりするのを、本当は嫌なんじゃないかしら」

先日、ヘルムートの父とアレクサンドラが訪問して以来、ヘルムートとの間にぎこちない空気が生まれているような気がした。

アンネは目を細め、穏やかな声で答える。

「とんでもない。ガストンに聞いたところ、ご当主様は奥方様が刺繍されたハンカチ以外はお使いにならないほどの、お気に入りのようですよ」

「そ、そうなの？」

「ご当主様は、早くにお母様を亡くされておりますので、奥方様が細やかに身の回りのお世話をなさってくれることが、本当はとても嬉しいのですよ」

アンネの口からヘルムートの親の話が出たので、フロレンティーナは意を決して切り出してみた。

「あの……旦那様と旦那様のお父様の間には、なにかわだかまりがあるのかしら？」

アンネは顔を強張らせ、口を噤んでしまう。

「あ……私ったら、余計なことを……」

バルツァー家のタブーに触れてしまったのかと、フロレンティーナは内心狼狽《うろた》えた。

するとアンネはすぐに柔和な表情になった。

「それは奥方様が、ご自身でご当主様にお聞きになる方がよろしいでしょう。使用人の私たちから、ご当主様の私事に関して奥方様のお耳に入れることは、はばかられます」

フロレンティーナは赤面した。

「そうね……そうよね。でも、いらないことを尋ねて、旦那様のお気持ちを害したくないの」

アンネは不思議そうに言う。

「ご当主様が、奥方様の言うことで不快になることなど、ございませんでしょうに。奥方様のことを、この上なく大事に思っておられますから」

フロレンティーナは目を丸くする。

「そんなこと、ないわ。そう見えるだけよ」

周囲の目には、二人は良好な夫婦関係だと見えているのか。

それはきっと、ヘルムートが人前では注意を払っているからだろう。いずれ皇帝陛下にお目通りして、正式な結婚許可状をいただくまでは、ヘルムートは良い夫を演じ続けるだろう。

でもそれは、形だけの夫婦なのだ。

これまでは、それでもいいと自分に言い聞かせていた。

愛する人の側にいられるだけで、充分だと。けれど——日々ヘルムートと過ごすうちに、彼の気持ちまでも欲しくなっている。

幸せなはずなのに、まだ足りないと心が求めてしまう。自分がこんなにもあさましく貪欲だったなんて、知らなかった。


一方で。

ヘルムートは書斎で議会に提出する書類をガストンとチェックしながら、苛立ちを隠せないでいた。

父の突然の来訪以来、フロレンティーナのとの仲がギクシャクしている。父への恨みが、さらにつのってくる。

周囲には普段と変わりない二人のように見えるだろうが、フロレンティーナの態度の隅々に、一歩引いているような空気が漂っている。

初めの頃のように、うるさいほど無邪気にまとわりついてくれるほうが、ずっと扱いやすい。まっすぐで純粋でひたむきだったフロレンティーナを変えてしまったのは、自分のせいだと思う。

官能の快楽を深め、そこはかとない色気を身に纏うようになったフロレンティーナは、ふるいつきたいほど美しく魅力的だ。だが、真っ白だった彼女の心に、薄墨《うすずみ》のような哀愁を滴らせ濁らせてしまい、もう以前の少女の純真さは戻らない。

もっとゆっくりするべきだった。

一刻も早く、フロレンティーナを自分だけのものにしたかった。

皇帝陛下の謁見を待たずに、勇み足だったかもしれない。

だが、もはやヘルムートには、皇帝陛下が承諾しようとしまいと、フロレンティーナを手放す気持ちはなかった。

これは、どういう感情だろう。

独占欲か。

父に対する当てつけか。

いや、そんな刺々《とげとげ》しいものではない。

巣から落ちた小鳥の雛《ひな》を両手で包むような、繊細で優しい心持ちだ。

親のような、兄妹のような——いや、それとも違う。

ヘルムートが何度目かの大きいため息をつくと、ガストンが見かねたように口を出す。

「ご当主様、もう本日はお仕事を終了させましょう。明日は、近郊の領地の見回りのご予定でございます。早くにお休みになった方がようございます」

ヘルムートは無言でうなずき、書類を机に置いた。その時ふと、長年独身で屋敷に勤めているガストンに、聞いてみたくなった。

「――ガストン。お前は――好いた女性と結婚しようと思ったことはないのか？」

ガストンは目をぱちぱちさせる。

「唐突でございますな。ご当主様から、そのような質問がくるとは思いもかけませんでした」

ヘルムートは自分の意図を気取られまいと、話を逸《そ》らそうとした。

「うん――いや、お前も年取って、独り身では心配だろうと思ってな」

ガストンは今まで見たこともないような、しみじみした笑顔を浮かべる。

「私の人生は、バルツァー家に捧げておりますので、このままで充分でございますよ」

「そうなのか？」

「確かに、若い頃は一緒になりたいと思った女性もおりましたが、彼女もまた、仕事に生涯を捧げる覚悟でしたので、その女性と結ばれることはありませんでした」

初めて聞く忠義な執事長のほろ苦い恋の話に、ヘルムートはしんみりした気持ちになる。

「そうか――つまらないことを聞いてしまったな」

「いいえ、ご当主様と、このような話ができるとは、思ってもみませんでした。これも、奥方様のおかげでございましょう」

「フロレンティーナの？」

「はい。奥方様がおいでになってから、ご当主様は思いやり深くなられました。他人の気持ちを気遣うお方になられました」

「ひどいな。まるで私が、朴念仁だったようではないか」

ガストンはしれっと答える。

「まあ、なきにしもあらずでございましたからな」

「言うな」

確かにその通りだったので、ヘルムートは反論できない。

ガストンは、万事承知というような笑顔を浮かべた。

「奥方様とお二人で、ゆっくり郊外の領地をお巡りになるのも、仲直りのひとつでございますよ。明日は、お二人分の旅の準備をいたしましょう、アンネにそう伝えておきます」

ヘルムートは目を見開く。

「わ、たしは、何も言っておらぬぞ」

ガストンは丁重に頭を下げる。

「さすれば、ため息の回数も減りましょう。では、おやすみなさいまし」

ガストンがさっと書斎を出て行ってしまう。

一人残されたヘルムートは、ぽかんとしていた。

ガストンにはすべてお見通しだったのか。

それほど、自分の態度があからさまに気落ちしていたとは、思いもしなかった。

己を律することに自信があっただけに、確かに自分は変わったのだと、つくづく思う。だが、その変化が不快でないことは確かだった。


「まあ！　旦那様、羊の群れですよ。百、二百、いいえ、もっと、あんなにいっぱい！」

フロレンティーナは馬車の窓から、身を乗りださんばかりにして、はしゃいだ声を上げた。

朝、突然、ヘルムートから、二、三日だが一緒に郊外の領地の見回りにいかないかと誘われた。

これまで、二人でどこかに旅行するなどなかったので、フロレンティーナは一も二もなく承諾した。胸が躍った。

養親の家にいた時も、一度も娯楽施設や旅行に連れて行ってもらったりは皆無だった。それが、愛するヘルムートと一緒に、小旅行に出かけられるなんて。

無上の喜びだ。

アンネはこのことを前もってヘルムートから聞いて承知していたらしく、彼女の指示ですでにフロレンティーナ用の旅行鞄《かばん》に旅行用具が詰められてあった。

それだけでも、ヘルムートが思いつきで言い出したことではないとわかる。

ゆったりしたドレスに着替え、旅行用の馬車にヘルムートと乗り込んだフロレンティーナは、興奮して心臓がドキドキしていた。

首都を出ると、すぐになだらかな丘陵地帯に出た。

遠くに見える村々と一面の小麦畑。

小川には水車が回り、水辺を牛や馬がのんびり草を食《は》んでいる。

丘を越えていくとさらに向こうには、美しい湖沼地帯が見えてくるという。

広い青空には悠々と飛ぶ鳥の影。

窓の外の景色は、何もかも始めて見るものばかりで、フロレンティーナは息をするのも忘れ、見入っていた。

「ああ、広いです。ああ、キラキラしています。何もかも綺麗、すごい、すごいです」

はしゃぎすぎて、我を忘れてしまう。

まるで子どもに戻ってしまったかのようなフロレンティーナを、ヘルムートは穏やかな表情で見守っている。

途中、何百という羊の群れが街道を横切り、馬車は一旦停止した。

ぞろぞろ渡る羊の群れを、賢そうな羊飼いの少年が独特の掛け声をかけて、移動させている。

「まあ、あんな小さな少年一人が、こんなにたくさんの羊を連れているのですか？」

フロレンティーナは目を丸くする。

「周囲に数頭の牧羊犬がいるだろう。彼らが、羊たちをはぐれぬよう見張っているんだ。それにね――」

ヘルムートはフロレンティーナの背後から身を乗り出し、羊の群れの先頭を指差してみせる。

「あの先頭にいるのはヤギだ。ヤギは活発で頭がいい。羊はリーダーについていく習性があるから、あのようにヤギをリーダーにして、羊飼いはヤギを掛け声や口笛で操るのだよ。そうすれば、羊たちを一糸乱れぬ行動にさせることができるんだ」

「そうなんですね。少年はまるで魔法使いみたい。壮観です、感動です」

「羊でこんなに感動する人は、初めてだよ」

ヘルムートが珍しく軽口を叩く。

「だって、だって……こんなにも世界が発見であふれていたなんて、私、知らなかった」

フロレンティーナは感動で目が潤んでくる。

すぐ後ろに寄せられていたヘルムートの顔に、振り向きざまに思わず口づけした。

「ありがとう、旦那様」

ヘルムートが目を見開いた。

少し図に乗りすぎたかと、フロレンティーナはどぎまぎする。

だが、ヘルムートはわずかに目の縁を赤く染めると、ゆっくりと座席に戻り、穏やかな声を出した。

「そら、座りなさい。群れが渡り終わったから、馬車が動くぞ」

「はい」

怒っていないとわかり、フロレンティーナはほっとして座席に座った。

恥ずかしさをやり過ごそうと、座席の傍に置いたバスケットを引き寄せる。

「旦那様。今朝、早起きしてサンドイッチとレモネードを作ってきました。朝食が慌ただしかったから、少しお腹《なか》に何か入れませんか？」

ヘルムートは鷹揚《おうよう》にうなずく。

「うん、いただこうか」

フロレンティーナはいそいそと取り皿にサンドイッチを取り分け、ヘルムートに差し出す。

「はい。旦那様のにはマスタードを塗ってあります。好物のローストビーフを挟みましたよ」

ヘルムートは受け取りと、ぱくりと一口頰張《ほおば》り、目を細めた。

「美味《うま》い。君の味付けは、ほんとうに私好みだ」

フロレンティーナは褒められて脈動が速まる。ヘルムートの父には使用人のようだと揶揄《やゆ》されたが、こうしてヘルムートの喜ぶ姿を見られるのなら、なんでもしてあげたいと思ってしまう。


「よかった。私もいただきます」

自分の分を口にした途端、鼻の奥がツーンと痺れた。

「あっ」

悲鳴を上げてしまい、ヘルムートが顔色を変える。

「どうした？」

「ま、間違って、マスタード入りのを食べてしまいましたっ、けほけほっ」

辛いものが苦手なフロレンティーナは咳《せ》き込み、顔が真っ赤になるのを感じる。

するとヘルムートが身を乗り出し、背中をさすり、自分の飲み物のグラスを差し出す。

「そら、このレモネードをゆっくり飲みなさい」

「す、すみません……」

「意外におっちょこちょいだね」

呆れられたのかとおそるおそるヘルムートの顔色を窺うと、彼はわずかに口角を上げている。

あ、もう少しで笑顔になりそう――フロレンティーナはまじまじ見つめてしまう。

ヘルムートはその視線に気づき、ふいと顔を背けてしまった。

ああ惜しい。

フロレンティーナは内心がっかりするが、最初の頃よりずっと、ヘルムートの表情が柔らかく豊かになったことを、彼は自覚しているかしら、と思う。

もしそれが自分の存在のせいだとしたら、こんな嬉しいことはないのに。

お昼過ぎに、最初の領地に到着した。

領民たちが、村の入り口でこぞって出迎えに並んでいる。

馬車を止めたヘルムートは、先に馬車を降りた。

領民たちがいっせいに歓声を上げた。

「ようこそおいでなさいませ、領主様」

「お待ちしておりました、領主様」

「領民全員で、歓迎いたします」

領民たちが皆、ヘルムートを敬い慕っているのがありありとわかる。

「年に一度しか来られぬが、皆元気そうでなによりだ。農作物の出来も良いようだな」

ヘルムートの声も心なしか弾んでいる。

「今回は、私の許嫁《いいなずけ》を同伴した——さあ、降りておいで」

彼は馬車の中にいるフロレンティーナに向かって手を差し出した。

彼の手に縋って、フロレンティーナはゆっくりと馬車を降りた。

領民たちが自分をどう評価するかと、緊張で胸がドキドキする。

だがそんな不安は無用だった。

フロレンティーナが姿を現したとたん、期せずして領民たちからほおっという感嘆のため息が漏れた。

「皆さん、初めまして。フロレンティーナと申します」

少し硬い表情で挨拶すると、領民たちが一斉に賛美の声を上げた。

「なんと可愛らしく初々しい方なのでしょう！」

「花の妖精のように艶やかでお美しい！」

「さすがに領主様はお目が高い！」

「ついに、領主様にも春が訪れたのですね。ご婚約おめでとうございます！」

祝福の声に包まれ、フロレンティーナは幸福感でぼうっとしてしまう。そっと腰に回されたヘルムートの腕が、優しく包み込んでくれるようで、それも胸に沁みた。

「さあ、皆、もう仕事に戻るがいい。私は彼女と、ゆっくり見回るから」

ヘルムートは領民たちを解散させた。

その後、フロレンティーナはヘルムートに案内され、村や畑を散策した。

この領地では、主に果樹の栽培で暮らしを立てていると説明される。

「うちの領地の果物は、水気がたっぷりで甘みも強いと、取引先からも評判がいいのだよ」

ヘルムートは少し自慢げに語る。

その横顔が彫像のように美しく、フロレンティーナはうっとり見とれてしまう。

「今の季節だと、ヤマモモが収穫の盛りだ」

「まあ、だから村中が甘い匂いで包まれているのですね」

フロレンティーナは深呼吸して、甘い香りを胸いっぱいに吸い込んだ。

「うふ、幸せな香りですね」

ニコニコしながらヘルムートを見上げると、彼は太陽の光が目に入ったのか、眩しげに目を瞬く。

果樹園のあちこちで、採《と》れたばかりのヤマモモが山積みになっている。

ふと、フロレンティーナは首を傾けた。

「旦那様、収穫している時、ヤマモモが二つの山に分けられているのは、どうしてですか？」

「君、よくそのことに気がついたね」

ヘルムートはこちらを見直したような表情になる。

「実はね、裕福な都市部では、形の悪い果物は売れ行きが悪いのだ。少し見栄えが悪いだけで、味は少しも遜色ないのに。しかし、都市部の方が高く大量に果物を購入してくれるので、ああやって形の悪いものは選別しているのだ。売れないものは生産者が自宅用にしていたが、到底食べきれるものではない。これまでは、売れないものは涙を飲んで廃棄していたのだ」

「そんな……せっかく丹精込めて育てたものを、捨てるなんて」

「その通りだ。だから私はね――」

そこへ、お盆にお茶とジャムの瓶を乗せて、少女が運んできた。

「あの、領主様、お茶をどうぞ」

ヘルムートは振り返り、ほっぺたが桃色の少女にうなずいた。

「おお、ありがとう」

ヘルムートは木陰のベンチを指差した。

「フロレンティーナ、そこで少し休もうか」

「はい」

二人は腰を下ろし、少女の淹《い》れてくれたお茶を飲んだ。

ヘルムートはジャムの瓶を開けると、スプーンで掬《すく》ってフロレンティーナの口元に持ってきた。

「これ、食べてごらん」

「はい」

素直にジャムを口にする。

口の中で甘くヤマモモの味がふわりと広がる。

「美味しい！　これ、モモのジャムですね」

「そうだ。まだ試作品だがね」

ヘルムートは果樹園を見回しながら、独り言のように言う。

「形は悪いが味の良い果物を、加工して商品にできないか、試行錯誤させているんだ。ジャムや砂糖漬け、果物酒等。もし、これがうまくいけば、収穫物の無駄は無くなり、領民たちの生活はもっと豊かになる。ひいては、国中の農民たちの生活を潤す指針になっていけば、と思う」

ふいに彼は、フロレンティーナに顔を向けた。

「フロレンティーナ。私が経済大臣になりたいのは、こういうことなのだ。都市部と農村部に広がりつつある経済格差を無くし、国民全員が豊かで幸せな生活を送れるようにしたい。私は、そのために高い地位が欲しいのだ。大きくて困難な目的のために、私は一生、尽くそうと思っている」

フロレンティーナは一言も聞き漏らすまいと、息を殺してまっすぐヘルムートの顔を見つめていた。

ヘルムートがこのように自分の胸の内をとつとつと語ってくれるのは初めてのことで、フロレンティーナの心臓は感動に打ち震えた。

ずっとわかっていたことだが、ヘルムートは誠実で生真面目で、そのため不器用なところもある人だ。

経済大臣になるために結婚しろと皇帝陛下に命令されれば、それを愚直に実行するような人だ。人の気持ちの機微には疎いかもしれないが、それに気づけば素直に改める柔軟な心を持っている。

この人には私利私欲がない。

フロレンティーナはその時、心からヘルムートを愛おしいと思った。

それは、初々しい恋が本物の愛に変わった瞬間かもしれない。

今自分に寄り添っている、この人をずっと愛したい。

フロレンティーナは四肢の隅々にまで染み渡るような、甘い酩酊感を感じた。

「旦那様……」

声が震え、涙が溢れてくる。

ヘルムートは戸惑った顔になる。

「どうした？　なぜ泣く？　私の話に、なにか君を傷つけるようなことがあったか？」

フロレンティーナはふるふると首を振る。

「私、すごく感動して……こんな立派な人が旦那様だなんて、嬉しくて、誇らしくてなりません」

ヘルムートは感に堪えないような表情になる。

「君は──」

彼は何か言いたそうに何度も唾を飲み込んだが、言葉が浮かんでこなかったのか、ふいにフロレンティーナの顔を両手で包み、唇を重ねてきた。

「ん……ん」

しっとりとした労わるような口づけを、フロレンティーナは目を閉じて味わう。

「甘い──ジャムの味がするね」

ヘルムートがひそやかな声を出す。

その低い艶かしい声の方が、ずっと甘い、とフロレンティーナは思う。

「旦那様」

フロレンティーナは両手をそっとヘルムートの背中に回した。

大きくて広い背中を、愛情を込めて撫でる。

するとヘルムートも応えるように、再び啄《ついば》むような口づけを仕掛けてくる。

「ぁ……ふ、ぁ……ん」

(好き、大好き、旦那様、愛している、愛しています……)

フロレンティーナは心の中で何度も繰り返しつぶやいた。


三日間の領地視察は、二人の間にあった溝を埋めるのに十分なものだった。

どの村でもヘルムートは歓迎され、領民たちの彼に対する尊敬と敬愛の情の深さを、フロレンティーナは肌で感じた。

今まで知らなかった様々な人々の生活を目の当たりにして、自分の狭い見識がぐっと広まり、よりヘルムートのことを理解できるようになった。

帰路の馬車に揺られながら、フロレンティーナは心地よい疲労感に包まれていた。ヘルムートも気が緩んだのか、座席に深くもたれうとうとしているようだ。

フロレンティーナはそっと声をかけた。

「旦那様、今、お話してもよいですか?」

ヘルムートは伏せていた瞼をふっと上げる。

「ん? ああ、よいとも。なんだね?」

フロレンティーナはいつも持ち歩いている小さなスケッチブックを取り出した。今までは、屋敷に飾ってある綺麗な絵とか庭の花とかをスケッチするのに使っていたものだ。

「私、旦那様のお話をいろいろ聞いてから、私なりに考えました。つたない考えですけれど、聞いてもらえますか？」

ヘルムートは目を細め、身を前に乗り出した。

「もちろんだよ」

フロレンティーナはスケッチブックを開き、そこに描いたものを見せる。

「旦那様が、廃棄処分になる果物を加工しようというお話聞いて、私、お菓子を作れないかと思ったんです」

ヘルムートは黙って聞いている。

「私、お菓子を作るのが好きだから——果物のジャムや砂糖漬けを使って、焼き菓子をいろいろ考えてみたの。フルーツケーキやクッキー、タルトなど、その地方の名物になれば、もっと売上が伸びないかと思って。ほら、都会ではお茶会には美味しいお菓子が欠かせないですし、焼き菓子は日持ちするから、出荷するのにも便利だし」

ヘルムートのように理路整然と喋《しゃべ》ることはできないが、自分の思っていることを伝えようと懸命に喋った。

無言でいたヘルムートの表情が、次第に真剣な色合いを帯びてくる。

フロレンティーナは、余計なことを言っただろうか、不安になってきた。

「そのスケッチブックを見せてごらん」

ヘルムートが手を差し出した。おずおずと手渡す。

彼は受け取って、一枚一枚めくってはまじまじと見ている。

「このたくさんのお菓子のスケッチ。みんな君が描いたものか」

「は、はい」

「旅行の合間に、しきりになにか描いているかと思ったが、こんなことをしていたんだね」

フロレンティーナは小声になる。

「あの……ただの思いつきです……気になさらないで」

「いや」

ヘルムートが顔を上げ、まっすぐこちらを見つめてきた。

「素晴らしい。素晴らしい考えだ、フロレンティーナ」

フロレンティーナの胸がぐっと熱くなった。

ヘルムートが手を握ってきた。

「こんなにも真剣に私の話を聞いてくれていたんだね——それでこそ、私の伴侶だ」

体温がみるみる上がって、握られた手にじわっと汗が滲んだ。

「私、少しはお役に立てました？」

「もちろんだ。帰宅したら、早速、領地内での菓子製造の構想を練ろう」

フロレンティーナはヘルムートの手の上に、自分の手を重ねた。そして、晴れ晴れした声で言った。

「ああよかった。頑張って考えた甲斐《かい》がありました。脳みそを振り絞ったから、頭が痛くなったくらいです」

ヘルムートの表情がすうっと熱っぽくなる。

「フロレンティーナ、こちらにおいで」

「え？」

と思う間もなく、ヘルムートが身を乗り出し、素早く口づけをしてきた。

「んっ……」

そのままヘルムートはフロレンティーナの腰を抱え、ひょいと自分の膝の上に乗せ上げた。

「あっ」

後頭部に彼の手が回り、顔を上向かされ、再び唇を塞がれる。

「……ふ、ん……んんぅ……」

唇を何度も優しく喰まれ、応えるように口を開くと、待ってましたとばかりに舌が滑り込んでくる。二人の舌先が触れ合っただけで、フロレンティーナの背筋に甘い痺れが走った。そのまま舌を搦《から》め捕られ、ちゅーっと強く吸い上げられる。

「あ、ふぁ、ふぅん」

たちまち官能の悦びに頭がぼうっとしてしまい、フロレンティーナは危うく深い口づけに耽溺しそうになった。

だが、わずかに残った理性を振り絞り、ヘルムートの胸を押しやろうとする。

「だめ……こんな、ところで……」

だがヘルムートは背中をさらに引き寄せ、耳元で低い声でささやく。

「ここは、二人きりだ」

直後に、ねろりと耳朶の後ろを舐められて、びくりと肩が竦んだ。

「あん、や、ぁ……」

フロレンティーナが耳が弱いことを熟知しているヘルムートは、耳朶を甘噛みしたり、耳殻に沿ってねっとり舌を這わせたりしてくる。ひっきりなしに襲ってくる淫らな痺れに、みるみる四肢の力が抜けていく。

「ん……やぁ、も、だめ、耳、あ、だめぇ」

「身体が熱い――もう感じているんだね、フロレンティーナ」

背中に回したヘルムートの手が、ゆっくりとドレスの胴衣の後ろボタンを外していく。ドレスが開いて、白い肩が露わになり、ヘルムートはそこにも口づけしてくる。濡れた感触に、下腹部がつーんと猥りがましく疼いた。

「ん……ん、あ、はぁ……」

全身が火照ってきて、フロレンティーナは艶かしい鼻声を漏らし、抵抗をやめてしまう。さらにドレスの胴衣が引き下ろされ、コルセットに包まれたふくよかな胸元まで剥き出しにされた。そこにヘルムートは顔を埋め、白い肌を強く吸う。つきんと鋭い痛みは、たちまち灼けるような刺激にすり替わる。

「あ、つ、ぁ、や……あぁ、ん」

「健気で、可愛い、私のフロレンティーナ」

甘くささやきながら、ヘルムートはコルセットの紐を解いてしまう。

ぽろりとまろやかな乳房が溢れ出て、ヘルムートはすでにつんと尖っている乳首を口に含む。

痺れる快感が身体の芯を走り抜け、ぞくぞく腰が震えた。

「はぁ、あ、だめ、あぁ、恥ずかしい……あ、んんっ」

儚い抵抗で首を振り立てるが、もはや肉体の劣情の火は消しようもない。スカートとペチコートを捲り上げられ、ドロワーズ越しに太腿や鼠蹊部を撫でられると、媚肉がぞわぞわうごめく。

「は、ふぁ……は、あ……?」

やるせなさに腰をもじつかせると、ヘルムートの下腹部で熱く滾る欲望の硬さを感じ、思わず動きを止めてしまう。

するとヘルムートが甘いため息交じりに言う。

「そのまま、私のものを擦ってごらん——」

「え、そんな……あ、こ、こう、ですか?」

ぎこちなく腰を揺すり立てて、トラウザーズの上からヘルムートの股間を擦ると、疼き上がった自分の淫部も刺激され、異様な興奮に包まれる。

「はぁ、あ、は、や……あぁ、んん」

次第に腰の動きが大胆になってくる。同時に、ヘルムートの屹立がさらに大きく膨れてくる。

「ああいいな——こういうのも、ひどくよこしまな感じだ」

ヘルムートが喉の奥で低く呻く。

「あ、あぁ、あ、はあぁ」

フロレンティーナは、ドロワーズがじっとり濡れてくるのがわかり、腰の動きを止めてしまう。それに気がついたヘルムートが、乳房から顔を上げた。

「どうした?」

「あの……その……服を、汚してしまいます、から」

ヘルムートの表情が意地悪くなる。

「もう濡れてしまったか?」

「っ……」

かあっと顔が真っ赤になるのがわかる。

「ふ――」

ヘルムートは軽く息を吐くと、素早くドロワーズを引き下ろしてしまった。

「あっ」

濡れそぼっていた花弁から、蜜が滴り落ちる。

ヘルムートの長い指が、ぬるっと陰唇を撫でた。

「はぁ、んう」

淫らな欲望に疼き上がっていたそこから、ぞくんと甘い快感が走って、腰が跳ねる。

「ああもうすっかり濡れている」

ヘルムートの指先が、くちゅくちゅと蜜口を掻き回し、ひりつく陰核を掠めるように撫でてくる。

「あっ、ぁあ、あ、だめ、あ」

指がうごめくたび、びくんびくんと腰が浮いてしまう。

「もう、挿入りそうだ」

低くつぶやいたヘルムートが、片手で器用にトラウザーズの前立てを緩めた。ぬくっと太い灼熱の剛直が現れ、フロレンティーナの胸は淫靡な期待にざわつく。思わず誘うように尻が浮いた。

「私が、欲しいか？」

ヘルムートが亀頭の先端で、にちゃにちゃと花弁を擦ってくる。

「あ、はぁ、あ、だめ、そんなに……しちゃ」

淫らな刺激に、勝手に両足が開いて、彼を受け入れようとしてしまう。

「正直に、今ここで、欲しいと言って」

先端で蜜口の浅瀬を軽く突きながら、ヘルムートが耳孔に熱い息を吹き込んでは、刺激をさらに深めてくる。

「あ、あぁん、あ、だめ、もう、旦那様ぁ……」

フロレンティーナは求めるように腰を彼の下腹部へ押し当てた。

「欲しいのだね。正直に言うんだ」

「ん……ほ、しい、です」

消え入るような声で懇願する。

するとヘルムートは屹立の根元を手で支え、さらに恥ずかしいことを言ってくる。

「じゃあ、このまま自分で挿入してごらん」

「っ……そんなぁ」

それでなくても、走る馬車の中でこんな淫らな行為に耽っているのが恥ずかしいのに、さらに自ら動けと言うのか。媚肉は早く彼と繋がりたいと、きゅうきゅう蠕動しているが、まだ羞恥が優《まさ》っていた。

「無理、です、恥ずかしい……できない」

「できるよ。このまま腰をゆっくり落として」

耳元で意地悪く甘く言葉をかけられ、心臓が痛いほど高鳴る。

「ん……んん、ん……」

そろそろと腰を下げていく。

ぬくっと花弁を押し開き、嵩高《かさだか》なカリ首が押し入ってくる。

「あっ、あ、あ」

恥ずかしさより、満たされる悦びの方が強烈で、フロレンティーナはそのまま腰を沈めていった。

ずぶずぶと太茎が侵入してくる。

「はぁ、あ、熱い……あ、挿入って、ああ、挿入ってくるぅ」

フロレンティーナはヘルムートの両肩に手を添えて、目を閉じて肉棒の熱い感触を噛み締める。

「そうだ、上手だ、ああいいね、どんどん挿入るよ」

ヘルムートはフロレンティーナの熱い頬や首筋を、高い鼻梁《びりょう》で撫でる。ひんやりした肌触りに、ぞわぞわと猥りがましい震えがくる。

「あ、あ、奥……まで、あ、ぁん」

すっかり腰を落とすと、いつもよりさらに深いところに届いているようで、恐ろしくて動きを止めてしまう。

だが、馬車の規則正しい振動で、ヘルムートの先端がこつんこつんと最奥に当たり、そのたび重甘い愉悦に息が乱れる。

「熱いね、君の中。素敵だ」

ヘルムートが撫でるような口づけを仕掛けてきて、フロレンティーナも拙いながら応じた。

口づけを繰り返しながら、ヘルムートは掠れた声で命じる。

「自分で動いてみて」

「だって……深くて、怖い……」

自分の体重がかかっているせいか、いつもの交わりよりもっと深いところを刺激しそうで、そうなると自分がどうなるか予想もできず、恐怖が先だった。

「怖くない、ゆっくりと、君の感じるままに動いてごらん」

ヘルムートの吐息交じりの声に背中を押されるように、そろそろと腰を持ち上げる。

「んん……ん」

締めている媚肉が、硬い脈動に巻き込まれるように持ち上がり、ぞくんと子宮が甘く痺れた。

「は……あ、あん」

今度はおそるおそる腰を沈めていく。うずく濡れ襞が擦れて、下肢が蕩けそうに気持ちいい。

最後まで尻を下ろすと、ぐぐっと最奥が突き上げられて息が詰まりそうな甘重い愉悦に、慌てて腰を引いてしまう。

「いい、ゆっくりと、君のペースで」

耳朶や首筋に口づけを繰り返しながら、ヘルムートが優しくささやく。

「ぁ、あぁ、は……ぁ」

交わっている時の、ヘルムートの早い息遣いに掠れた声が、とても好きだ。

普段は生真面目でハキハキと会話をする彼が、この時だけは別人みたいに悩ましくささやいてくれる。熱のこもった眼差しも、身体の芯が溶けてしまうほど痺れる。

なるだけ深く挿入しないよう腰を引いて動いていたが、突然、馬車が道端の石ころに車輪を取られたのか、大きくがくんと揺れた。

その拍子に、ずずんとヘルムートの屹立が奥の奥まで届いてしまった。

「はあああぁっ」

瞼の裏で喜悦の火花が弾け、フロレンティーナは甲高い嬌声を上げてしまう。感じ入った媚肉が、きゅうっと締まった。

「――く、奥、吸い付く」

ヘルムートが低く唸り、フロレンティーナの細腰をぐっと抱き込んだ。彼はフロレンティーナの髪に顔を埋め、くぐもった声で言う。

「このまま――今度は、私が動くから――ぎゅっと私に抱きついて」

「あ……」

言われるまま、ヘルムートの首に両手を回して抱きしめた。

ずん、とヘルムートが腰を突き上げた。

「は、あ、あぁ」

子宮口にまで届く甘やかな痺れに、気が遠くなりそう。

ヘルムートはそのまま、ずんずんと小刻みに腰を穿ってくる。

「や、はぁ、奥、当たる……ぁ、はぁっ」

灼熱の剛直が、奥をごりごり削ってくるのがたまらなく気持ちよくて、あられもない声を上げそうになる。わずかに残った理性が、御者に聞かれてしまうかもしれないと警告し、思わずヘルムートのシャツの襟を強く噛んだ。

「すごく悦いんだね、きゅうきゅう締めてくる」

ヘルムートも感じ入っているのか、くるおしげな吐精感に堪えるような声を出す。

「う、うぅ、ふぅ、ふぁ、んぁあ」

奔放な喘ぎ声を漏らすまいと、フロレンティーナは必死で歯を喰《く》いしばった。けれど、声を上げないと喜悦の熱波を逃すことができず、絶頂を極めるたびに意識が飛びそうになった。

「可愛いね、声を我慢している君、ぞくぞくするほど魅力的だ」

ヘルムートはぴったりと一つになったまま、激しく腰を揺さぶってくる。

「ぐ、ふ、や……んぅ、ん、んんんぅ、ん――っ」

何度も達した蜜壺は熱く熟れきって、もはや上り詰めたまま喜悦の極みで蠢動《しゅんどう》を繰り返す。

シャツの襟を強く噛んだまま、首を振り立てる。溢れた唾液で、襟元がぐっしょり濡れてしまうのを気にする余裕もなかった。

このままでは、本当に気を失ってしまう。

フロレンティーナは喰いしばっていた歯を緩め、ヘルムートの耳元で途切れ途切れに訴えた。

「お……ねがい、旦那様……もう、もう……終わらせて……ください……」

熱い息がヘルムートの耳殻を擽《くすぐ》ると、彼のものがぴくりと内壁の中で跳ねた。

「達きたくて仕方ないんだね？　一緒に、達きたい？」

フロレンティーナはこくこくとうなずく。

「達きたい……旦那様と一緒に、達きたい……です」

甘い声で答えると、その直後、ヘルムートが力任せに腰をがつがつと穿ってきた。

「ひぅっ」

瞬時に達してしまい、フロレンティーナは涙目を見開く。

「だ、め、達く……あ、だめぇ」

「私も達くぞ——君の中に」

「あぁ、あ、来て、いっぱい、いっぱい、ください」

ぎりぎりとヘルムートの背中に爪を立て、夢中になって答える。

「く——なんて可愛いんだ、君はっ」

ヘルムートが大きく息を吐き、がむしゃらに腰を揺さぶってきた。

媚肉が燃え上がるように甘く痺れ、我を忘れてしまいそうになる。

「あぁ、あ、や、声……あ、出ちゃう、あ、旦那様、キスを、キス……キス、してっ」

どうしようもなく上がってしまう淫らな声を抑えようと、フロレンティーナは思わず自分からヘルムートの唇を求めた。彼の口中に自分の舌を差し入れ、くちゅくちゅと掻き回す。

「ああフロレンティーナっ」

ヘルムートが口づけに応え、強く舌を絡めてきた。

「は、ふぁ、んふぅ、ううう、ふぐぅ」

互いの舌を味わい尽くし、唾液を注ぎ込み合い嚥下する。

どくん、と収斂する蜜襞の中で、ヘルムートの欲望が嵩《かさ》を増した。

痛むほど強く舌を吸われながら、終わる、と感じる。

「んん――――っ」

最後の絶頂に全身が強くイキみ、びくびくと腰が痙攣する。

どくどくとヘルムートの熱い飛沫《しぶき》が、最奥に吐き出される。

力を失った二人の唇が離れ、唾液の糸が尾を引いた。

「ん、は、はぁ、は、はぁあ……」

ほぼ同時に達し、互いにぴったりと密着したまま、荒い呼吸だけを繰り返す。

法悦で虚《うつ》ろになった頭の中で、フロレンティーナは、また一つ新たな官能の扉が開いたような気がした。

少し危険な香りのする快楽。

睦《むつ》み合《あ》いは夜、ベッドの中だけで行うものだと思っていたけれど、こんな行為もあるのだ。

恥ずかしいけれど、いけない興奮が煽られる。

そして、実直で羽目を外さないたちのヘルムートが、野生的な一面を見せてくれたことも、新しい魅力を発見したようで心がときめいてしまう。

「……旦那様……好き……」

自然と心の声が口に出てしまう。

ヘルムートは、夢でも見ているようなぼんやりとした眼差しで見つめてくる。

フロレンティーナは言ってから、内心狼狽えた。好意の押し付けは、ヘルムートには迷惑でしかないだろうに。

しかしヘルムートはその言葉を誤解したようだ。

「そうか――たまには、背徳的な行為もよいものだな」

彼はフロレンティーナの目尻に口づけしながら、猥りがましい声でささやく。

「今度は、屋外でためしてみるかい？」

フロレンティーナは恥ずかしさに顔から火が出そうになる。

「やだ、もう……やめてくださいっ」

本気で焦ってヘルムートの顔を睨むと、彼は柔らかな表情でこちらを見ていた。

もしかして、今のは冗談だったのだろうか。

堅苦しいくらい真面目なヘルムートが、冗談を言うなんて。

その時、フロレンティーナは自分だけが大きく変化していくと思っていたが、ヘルムートもまた少しずつ変わっていっているのだと、気がつく。

満面の笑顔にはならないけれど、微笑めいたものを浮かべることが多くなった。

個人的な話をしてくれる機会も増えた。

それがフロレンティーナのせいだとしたら、どんなに嬉しいだろう。

フロレンティーナは甘えるみたいにヘルムートの首筋に顔を埋め、すりすりと頭を擦った。

嬉しくて幸せで、いつまでもこうして一つに溶け合っていたいと思った。

視察の旅から戻ると、ヘルムートは早速、菓子製造の計画を立て始めた。

彼の指示で、各領地から取り寄せた様々な果物を使い、屋敷のパティシエたちが試行錯誤で菓子作りに精を出した。

ヘルムートはフロレンティーナに、菓子の試作品のアドバイザー役になるよう勧めた。

「わ、私なんかでよろしいんですか？」

そんな大事な仕事、分不相応だと初めは断った。だが、

「もともと、この話を考えついたのは君じゃないか。お菓子を好む層は、若い女性が中心だ。君が適役だよ。ぜひ、頼みたい」

ヘルムートにそう言われ、思い切って引き受けた。

その果物にぴったりのお菓子をあれこれ考え、スケッチを何枚も描き、パティシェたちと綿密に相談した。試作品は必ず食し、気がついた改良点を忌憚《きたん》なく述べた。

完成品は、お茶の時間にヘルムートと試食して、感想や意見を求める。

ヘルムートは、毎日のように出来上がってくる新作のお菓子に、目を丸くした。

「これはすごいね――どれもこれも、見栄えが良くて味も素晴らしい。君にこんな才能があったなんて、見直したよ」

ヘルムートの言葉に、フロレンティーナは恥じらって答える。

「いいえ、私なんか――皆、お屋敷の腕の良いパティシェたちのおかげです。でも、旦那様のお役に少しでも立てていれば、とても嬉しいです」

ヘルムートは首を横に振る。

「それは違う。君の部屋には、製菓関係の書物が山積みになっていて、あちこちに栞《しおり》が挟まれていた。何十冊ものスケッチブックが、試作品のスケッチで埋め尽くされていた。君が成果を出そうと、真摯に努力している姿勢は驚嘆に値する」

フロレンティーナは耳朶が真っ赤になるのを感じたが、カップのお茶をしきりに飲んで照れ隠しした。

嬉しくて、胸が弾んで頬が緩んでしまう。

ヘルムートがちゃんとフロレンティーナの仕事を評価してくれているのも感激したし、いかにも彼らしい堅苦しい褒め言葉がまた心に響く。そこには嘘もお世辞もなくて、愛する人に認められているという充足感は、何ものにもかえがたい。

やっとほんとうの夫婦らしくなってきた、とフロレンティーナはしみじみ思うのだった。


その日、ヘルムートは皇城に上がり、皇帝シュッツガル四世の謁見室にいた。

フロレンティーナとの結婚を急ぎたいので、早めにお目通りを願い出たのだ。

シュッツガル四世は、それまで結婚にまったく興味を示さなかったヘルムートが、望んで結婚を進めようとしていることを大いに評価した。

「それでは、来月の夏の園遊会に、貴殿と婚約者をお招きしよう。そこで、私に婚約者のご令嬢を謁見させてくれ——後日、招待状を送る」

シュッツガル四世は、玉座の上で機嫌よく口髭をひねった。

「ははっ」

ヘルムートは深々と頭を下げた。

やっとこれで結婚許可状をいただけると、胸を撫で下ろす。

謁見室を退出し廊下に出ると、足取りがやけに軽い。

気持ちが浮き立つのを止められない。

あんなにもヘルムートのお嫁さんになりたがっていたフロレンティーナのことだ、どんなに喜ぶだろう。今日は早めに帰って、この朗報を知らせてやろう。

そう考えてから、はた、と足を止めてしまう。

以前の自分だったら、まず経済大臣の地位を確実にしたことを喜んだはずだ。最初にシュッツガル四世に結婚予定を報告し、経済大臣の地位を確約された時には、そのことばかりで有頂天になっていたことを思い出す。

我が身のことより、誰かのことを気遣うなど、考えられなかった。

「——」

ヘルムートは自分の何かが変わった、と思わざるを得ない。

と、そこへ、背後からいきなり怒鳴りつけられた。

「公爵！　貴殿は――！」

聞き覚えのある耳障りな声に、ヘルムートは不機嫌に顔を振り向ける。

貴族議員の紫のマントを羽織った、数人の男たちが立っていた。保守派の貴族議員たちで、中央にゴットヘルト公爵が顔を真っ赤にしている。

「これは、よいお日和で。皆様お揃いで、何かの会合ですかな？」

冷静な声で返す。その態度が、さらにゴッドヘルト公爵の怒りを煽ったようだ。彼は太い指をこちら突きつけた。

「貴殿、次の議会に、貴族議員の定年制度導入案を提出するとか聞いたぞ！　その上、全議員を貴族たちの選挙で選ぶという法案もまとめているというではないか！」

キンキン声に、ヘルムートは顔を顰める。

「これは、お耳が早い。その通りです」

すると、ゴッドヘルト公爵の後ろにいた高齢の議員が声を上げた。

「とんでもない！　貴殿は貴族議会を、破綻させるおつもりか！」

「破綻？　とんでもない、改革と言ってください」

他の高齢議員が言い募る。

「貴族議会は、成立時から、世襲制と任期制限がないのが慣習だ。その伝統をないがしろにするのか！」

ヘルムートはかすかにため息をつき、噛んで含めるように言う。

「時代とともに伝統も変わります。人民の選挙で選ばれる地方議員と違い、我が貴族議会は一度議席を得てしまうと、その地位に甘んじて、政治の仕事をないがしろにする者も多い。このままでは、国庫を食い物にしているだけで、形骸化してしまう。政治には、新しい風が必要です」

ゴットヘルト公爵が、唾を飛ばさんばかりに言い募る。

「我々が、仕事をしていないとでも言うのか？」

「そこまでは申しませんが。だが、少なくとも、世襲制は廃止すべきでしょう。陛下のお役に立ちたい意思のあるものは、立候補して選挙で選ばれるべきです。この意見には、陛下にも賛同を得ております」

さっと男たちの顔色が変わる。

「な、なに？　陛下が？」

動揺している彼らを落ち着かせようと、ヘルムートは態度を和らげた。

「心配ご無用です。定年後の議員には、相応の年金制度を設けます。長年国に尽くしてきた議員の方々を、決してないがしろにする法案ではありません」

ゴッドヘルト公爵が嘲笑った。

「ははは、どうせそんな法案、決議されぬわ！」

ヘルムートはむかっ腹が立ったが、態度はあくまで冷静さを保つ。

「かもしれませんが、評決の半分は陛下に権限がありますからね。陛下が良しとなされば、法案は可決される可能性もあります」

穏やかだが理路整然としたヘルムートの言葉に、男たちは押し黙ってしまう。

「ふ、ふん。若造が、陛下に取り入ることばかりは長《た》けておる。陛下のご命令なら、手近なご令嬢を誘惑して妻にするくらい、なんでもない御仁だからな。許嫁のご令嬢は、身分も財産もない、若くて綺麗なだけの女性だと、貴殿の父上が嘆いておられましたぞ」

ゴッドヘルト公爵が忌々しげに吐き出す。

ヘルムートは、父とフロレンティーナのことを持ち出され、一瞬頭に血が上った。顔を強張らせ、一歩前に進み出た。

ゴッドヘルト公爵が、たじたじで背後に下がる。

「な、なんだね公爵。暴力でも振るおうというのかね」

言われて初めて、ヘルムートは自分が拳を持ち上げ、握りしめていたのに気がついた。とっさに相手を殴ろうとするなんて、初めての行為だった。

彼は素早く手を下ろし、丁寧に一礼した。

「失礼。私は用事がありますので、これにて。異論は、会議場で戦わせましょう。ではまた――」

姿勢を正し、ゴッドヘルト公爵の横をさっさと通り過ぎた。

廊下を歩きながら、平常心を保とうと何度も深呼吸する。

彼らはまともに相手にするべき輩ではない。今の地位と財産にしがみつき、自分たちの本来の仕事の意義を忘れてしまっている。

変えていかねばならない、変わっていくことは大事だ。

そうつくづく思った。

一方で――。

フロレンティーナはアンネをお伴にして、週に一度のダンスのレッスンを受けに外出していた。

それまで正式にダンスを習ったことのなかったフロレンティーナは、来るべき皇帝陛下との御目通《おめどお》りのためにも、少しでもダンスを上達させておきたかった。ヘルムートが選んでくれたダンスの教師は、高齢であるが非常に教え方がうまい紳士だった。フロレンティーナは熱心にレッスンに通い、今ではどこの令嬢と比べても見劣りしないほど踊れるようになっていた。いつか、結婚式が挙げられたら、ウェディングドレス姿でヘルムートと夫婦になって最初のダンスを披露するのが、フロレンティーナのひそかな憧れだった。

ダンス教室は、首都の中心街の建物の一角にある。

フロレンティーナは、教室の外でアンネを待機させ、扉をノックして中に入って行った。

「おはようございます、アッヘンバッハ先生」

誰もいないダンスフロアに声をかけると、奥から人が出てきた。

「やあ、お待たせしました」

見知らぬ若い男性だ。

背が高く、金髪に青い目の舞台俳優のようにハンサムな人だ。

フロレンティーナは戸惑う。

「あの……アッヘンバッハ先生は？」

若い男は、にこやかに答える。

「アッヘンバッハ氏は熱を出して寝込んでしまいまして、私が氏のご指名を受け、代理で参りました、ヨハン・カウニッツと申します」

「そうですか——よろしくお願いします」

「では、早速レッスンに入りましょう」

カウニッツは、いきなりフロレンティーナの手を握ってきた。

「あ」

いつもは、まずダンスのステップや拍子の取り方などの講義を受けてから、実習に入るので、フロレンティーナはうろたえてしまう。

「さあ、ワルツです、私にぴったりと身体を寄せて、一、二、三、一、二、三」

カウニッツは強引に踊り出す。

フロレンティーナは、慌てて相手のステップに合わせた。

見知らぬ若い男に身体を寄せられるのは、不慣れなのでどぎまぎしてしまう。

「いいですね、あなたのステップは非常に軽やかだ」

カウニッツがこちらの視線を捕らえて、微笑みかける。

「あ、ありがとう、ございます」

相手の息がかかりそうなほど顔が近いので、フロレンティーナはわずかに身を引く。

「それに、あなたはとてもお美しい。あなたのように見目麗しい女性は、会ったことがありませんよ。魅了されてしまう」

「はあ……」

カウニッツはにやにやしながら、やけに色っぽい眼差しを送ってくる。

「本当に、天使のようだ。あなたのエメラルドの瞳に見つめられるだけで、私の胸はときめいています」

フロレンティーナは、顔を顰める。

この男は何を言っているのだろう。

ダンスのレッスンのはずなのに、まるで口説いてでもいるようではないか。

必要以上に身体を密着させてくるのも、不快でならない。

フロレンティーナは足を止め、やんわりとカウニッツから身を離した。

「あの……今日は私も、あまり気分がすぐれないみたいです。もう、レッスンは終わりにしていただいてよろしいでしょうか？」

カウニッツは白い歯を見せて笑いかける。

「かまいませんよ。では、少し休憩してお帰りになるとよろしい。奥の部屋で、なにか飲み物でもお出ししましょう」

カウニッツと狭い部屋で二人きりになりたくない。フロレンティーナは首を横に振った。

「いいえ、先生。今日はここで失礼します」

一礼し、そのままダンスフロアを出て行こうとした。ふいに、強い力で背後から腕を掴まれた。

「お待ちなさい。そんなそそくさと帰らなくても、いいじゃないですか」

力任せに引き戻されて、小柄なフロレンティーナはよろけてしまう。

そこに、カウニッツがさっと抱きついてきた。

「きゃっ」

カウニッツの息が荒くなっている。彼が顔を寄せてくる。

「ほんとうに、あなたは素敵だ。たまらないな。キスさせてくれ」

相手の言葉遣いがぞんざいになり、フロレンティーナは恐怖で背筋が凍った。

「なにをするのっ」

フロレンティーナは思い切り彼の顔を引っ掻《か》いた。

「うわっ」

カウニッツの頬に、真っ赤な引っかき傷が浮いた。彼の形相が変わった。

「この——小娘のくせに！」

カウニッツがやにわに、フロレンティーナの口元を手で押さえた。

たした。

「っ、ぐぅ……っ」

大きな手で鼻も口も塞がれて、フロレンティーナは苦しくて、カウニッツの腕の中でじたば

「や……やめ……アンネ……っ」

教室の外にいるアンネを呼ぼうとして、顔を振りほどこうとした。

直後、腹部を強く殴られ、息が止まる。

目の前が真っ暗になった。

「だれ……か……」

声を出そうとしたが、口がパクパクするだけで、意識があっという間に薄れていった。

第三章　窮地

ヘルムートは自家用馬車で門をくぐり、屋敷の玄関口を目指していた。と、玄関前の階段から、ずっと待ち受けていたらしいガストンが、こちらへものすごい勢いで走ってくるのが見えた。

「ご当主様！　ご当主様！」

ガストンの尋常でない様子に、途中で馬車を止めさせ、ヘルムートは馬車を飛び下りる。

「どうした、ガストン。血相を変えて」

老齢なガストンは、ぜいぜいと息を切らしながらも、答えた。

「お、奥方様が、行方不明でございます！」

「何だと⁉」

ヘルムートは目を見開いたが、まだ事態が飲み込めない。ガストンが口早に説明する。

「ダンスのレッスンに、アンネとお出かけになったのですが、その教室から、忽然《こつぜん》といなくなられたそうです。いつまでもお戻りにならないので、不審に思ったアンネが教室を覗《のぞ》いたら、誰もいなかったというのです」

ヘルムートは不安で脈動がにわかに速まるのを感じたが、あくまで冷静な声を出す。

「アッヘンバッハ先生はどうなされたのだ？　フロレンティーナと一緒ではなかったのか？」

「そ、それが——本日、アッヘンバッハ教師は、教室に向かう途中で何者かに道で襲われ、後頭部を殴打されて医者に運ばれたそうです。幸い一命をとりとめたものの、本人が意識を失っていたせいで、こちらへの連絡が遅れてしまいました。その間に、奥方様はお教室に行かれてしまわれたご様子で——」

「では、誰もいない教室から、フロレンティーナは姿を消したというのか⁉」

ヘルムートは恐怖で心臓がぎゅうっと縮み上がる。

「ちゃんと捜索はしているのだな？」

「は、はい。心当たりは全部、捜させております。しかし、まだ見つかっておりません」

ヘルムートはもはや自制心を保てなかった。

「警察に連絡しろ！　何かの事件か、もしかしたら誘拐されたのかもしれない」

「かしこまりました！」

ガストンが弾かれたように、屋敷へ戻っていく。

ヘルムートは一瞬、棒立ちになっていたが気を取り直し、止めてあった馬車に再び乗り込んだ。御者席に向かって、大声を張り上げた。

「街へ戻る！　フロレンティーナを捜すぞ。通りをしらみつぶしに捜索する！」

「かしこまりました」

御者が馬の向きを変えようとした時だ。

門の方から、一台の見知らぬ馬車が走ってくる。

衝突しそうな勢いに、御者が慌てて馬車を動かそうとすると、直前でその馬車は止まった。

「何事だ？」

行く手を阻まれて、ヘルムートは窓から顔を出し、見知らぬ馬車を見た。

馬車の扉が開き、品の良いドレス姿の女性が下りてきた。見覚えのない女性だ。

彼女は窓から身を乗り出しているヘルムートに向かって、つかつかと歩いてくる。歳の頃は三十前後だろうか、整った顔立ちだがひどく険しい表情でこちらを睨んでくる。

「バルツァー公爵様ですか？」

ヘルムートは素早く馬車を下りた。

「そうですが、貴女は？」

女は抑揚のない声で答える。

「私は、マリエ・カウニッツと申します。カウニッツ伯爵の妻です」

聞き覚えのない名前だ。

「カウニッツ伯爵夫人、なにかご用ですか？　私は今急いでいて――」

「私の夫と、あなたの許嫁の女性が不貞を働きました。私の屋敷の侍女が、知らせてきたのです。二人がベッドの中にいるところに遭遇したのだそうです」

「フロレンティーナが？　まさか――！」

ヘルムートは激しい衝撃を受けた。

カウニッツ伯爵夫人は、冷ややかな顔で言う。

「では、一緒に私の屋敷においでください。そこで、夫とあなたの許嫁の女性が待っております」

ヘルムートは愕然《がくぜん》として、言葉を失った。


フロレンティーナは、わが身に何が起こったのか、まだ理解できないでいた。

ダンス教室で、カウニッツという男に襲われ、気を失ってしまった。

気がつくと、見知らぬ家の見知らぬベッドの中にいた。

意識がまだ朦朧《もうろう》としていて、もぞもぞと身動きすると、

「気がついたかな、ご令嬢」

と、低い男の声がした。

すぐそばに、カウニッツがニヤつきながらこちらを見ていた。彼は上半身、裸であった。

ハッとなって身を起こそうとして、シュミーズ一枚のあられもない格好になっているのを知って、顔から血の気が引く。

「なに？　これはどういうことなの!?」

その時、寝室の扉が大きく開いた。

この屋敷の侍女らしき若い女が、目を丸くしてこちらを見ている。

「旦那様！　これはいったい——!?」

棒立ちの侍女に向かって、カウニッツは芝居がかって言う。

「これはヘラ、私たちの甘い時間を壊さないでほしいな」

ヘラと呼ばれた侍女は、そのままくるりと背中を見せて、寝室を飛び出していった。

フロレンティーナは上掛けで身をくるみ、声を引き攣らせた。

「あなた、私になにをしたの？　私、いったいどうなってしまったの？」

意識がはっきりしてくると、肉体に異常は感じられず、ふしだらな事態に陥ってはいないとわかり、かすかに安堵した。

「私を攫ってきたのね？　どうして、どうしてこんなことを――！」

カウニッツは肩を竦めた。

「ご令嬢、貴女に恨みはないのだが、まあ、こうなってはスキャンダルは免れないね。あの侍女は、まっすぐ私の妻の実家に飛んでいったろうよ」

「奥様……？」

「わけあって、妻は近くの屋敷で別居しているのだが、私は妻帯者だよ」

「っ――」

目の前が真っ暗になる。なぜこんなことになったのか、理解がいかない。

息が乱れ、声が震えた。

「なぜ？　なぜこんなことを？　どうして、こんなことを――!?」

カウニッツはニヤニヤした。

「まあ落ち着きたまえよ。せっかくだから、本当に既成事実を作らないか？」

彼が手を伸ばしてきたので、フロレンティーナはとっさにベッドから転げ落ちるように飛び出し、シュミーズ姿のまま部屋の隅に逃げた。

「私に触れないで！　私の服はどこ？　私は帰ります！」

「さあ、どこだろうかね。その格好のままでは、帰れまい」

カウニッツは、妙に落ち着き払っている。

「せめて、使いの者を、私の屋敷にやってください。迎えにきてもらって――」

「悪いがご令嬢、貴女にはしばらくここにとどまってもらう。安心しなさい、危害は加えないよ」

「どういうことなのですか?」

「今にわかるさ」

相手の目的がわからず、フロレンティーナは頭が混乱し、どうしていいかわからない。

その時、屋敷のどこかでざわざわと騒ぐ音が聞こえてきた。

カウニッツはベッドから半身を起こし、頭を掻いた。

「どうやら、おいでのようだ。ご令嬢」

「え?」

直後、寝室の扉が開き、怒りに真っ青になっている一人の貴婦人が仁王立ちになっていた。

「ヨハン――あなた! よくもぬけぬけと屋敷に女を連れ込んで――」

貴婦人はわなわなと唇を震わせる。

フロレンティーナはその貴婦人後ろに立つ、背の高い男性の姿を目にし、鈍器で殴られたようなショックを受けた。

「旦那様……！」

そこには、呆然とした表情のヘルムートが立っていたのだ。

「フロレンティーナ――」

聞いたこともない彼の悲痛な声に、フロレンティーナは全身の血が凍りついた。

絶望感に頭がクラクラする。

誰が見てもこの状況は　不貞を働いた男女の現場だ。

ヘルムートは怒り心頭だろう。

フロレンティーナは思わず両手で顔を覆い、声を震わせた。

「違います！　そうじゃありません、違うの！　違う！」

うまい言い訳が何も思いつかず、ただ、否定の言葉だけを叫び続けた。

と、ふわりと身体を温かいものが包んだ。

はっと顔を上げると、ヘルムートが自分の上着を脱いでフロレンティーナに着せ掛けて、気遣わしげに覗き込んでいた。

「怪我《けが》はないか？　ひどい目に遭っていないか？」

優しい声に、フロレンティーナの目に涙が溢れた。

「はい……はい」

こくこくうなずくと、ヘルムートは上着でフロレンティーナをくるみ、そのまま横抱きにした。

「カウニッツ伯爵ならびに夫人、今回の件は後日改めて、弁護士を立てるなりして、じっくり話し合いましょう。今は、妻がひどくショックを受けているので、我が家へ連れて帰ります」

蒼白な表情のカウニッツ伯爵夫人は、鋭く言う。

「不貞を働いた妻を、かばい立てするのですか？」

その言葉は、ぐさりとフロレンティーナの胸に刺さる。

フロレンティーナを抱くヘルムートの腕に、力がこもった。

彼はまっすぐにカウニッツ伯爵夫人を見据え、静かだが真摯な声で答えた。

「私の妻は、私を裏切る行為をするような女性ではありません。私は彼女を信じております」

ヘルムートの強い眼差しに、激怒していたカウニッツ伯爵夫人も思わず声を呑んだ。

ヘルムートはそのまま一礼すると、フロレンティーナをしっかり抱き直し、そのまま屋敷を後にした。

カウニッツ家の外には、自家用馬車が止まっていた。ヘルムートはフロレンティーナと馬車へ乗り込み、すぐに帰宅するよう御者に命じた。

馬車が走り出した途端、フロレンティーナは一気に気持ちが緩んでしまう。後悔、悲嘆、絶望――そんな感情がどっと吹き出した。

「あ、あぁ、あ、旦那様、旦那様ぁ……！」

ヘルムートの首にむしゃぶりつき、声を上げて泣いた。

「もう大丈夫、大丈夫だ。怖かったろう、辛かったろう、フロレンティーナ」

ヘルムートはフロレンティーナの震える背中を繰り返し撫で、涙でぐしゃぐしゃの顔に何度も口づけした。

彼の声は口惜しげに掠れていた。

「君を守ると誓ったのに――私は夫として、失格だ。慚愧《ざんき》の念に耐えない」

ヘルムートがフロレンティーナではなく、自分を責める言葉ばかりを口にするのが、嬉しくもせつなくてならない。

あの現場で、きっぱりとフロレンティーナを信じると堂々と言い切ってくれた態度に、心から感動した。ヘルムートの方には愛のない結婚だと思っていたのに、こんなにも信頼し大事に思ってくれているなんて――。

「ご、ごめんなさい、ごめんなさい、旦那様……私が、油断していたから……こんな不祥事《ふしょうじ》を起こしてしまって……ほんとうに、ごめんなさい」

「君が謝る必要はない」

ヘルムートはフロレンティーナの細い顎を持ち上げ、視線を捕らえた。彼の青い目が、潤んでいるように見えた。

「君は何一つ悪くない。そんなこと、わかっている。言わなくとも、いいんだ、フロレンティーナ」

「旦那様……」

フロレンティーナは激しく胸を揺さぶられ、もう何も言わずにヘルムートにぎゅっと抱きついた。

ヘルムートも同じ強さで抱き返してくれた。

二人はそのまま屋敷に帰り着くまで、無言でしっかりと抱き合っていた。

屋敷では、ガストンとアンネを始め、心配した使用人達が全員、玄関前でヘルムートとフロレンティーナを迎えた。

「ああ、奥方様、よくぞご無事でお戻りになりました!」

いつも気丈なアンネが、号泣してヘルムートの前に跪いた。

「ご当主様、誠に申し訳ありません! 私が不注意なばかりに、こんな事態を引き起こしてしまいました。どうか私に、厳しい処分をお願いします!」

フロレンティーナはハッとして、ヘルムートに顔を振り向ける。

「旦那様、アンネだけの責任ではありません。アンネはいつだって忠実に仕えてくれていました。どうか、どうか、寛大に……」

ヘルムートはうなずいた。そして、肩を震わせているアンネに静かな声で言う。

「アンネ、お前の長年の忠義に対してと、フロレンティーナの気持ちを汲《く》んで、今回は何も咎めない。より一層心して、フロレンティーナに仕えるように」

アンネは涙でドロドロの顔を上げた。

「ああ感謝します。ご当主様、奥方様！」

ガストンがアンネの背後に回り、そっと引き立たせた。

「さあ、アンネ。まず、奥方様のお世話が先だよ」

ガストンに促され、アンネは涙を拭き、侍女達に指示を出す。

「奥方様に湯浴みと、お着替え、そして温かい飲み物を。主治医に連絡して、くまなくお身体の具合を見ていただくのも忘れぬように」

いつものテキパキしたアンネの言葉に、さっと侍女達が仕事に散った。

「――フロレンティーナ、入っていいか？」

夕刻過ぎ、ヘルムートが、フロレンティーナの寝室の扉をノックした。

主治医の診察を終えたフロレンティーナは、ゆったりした寝巻きに着替えさせられ、ベッドに横になっていた。

「はい」

返事をすると、扉がゆっくりと開いた。

ヘルムートが少し青ざめた顔で入ってきた。

「具合はどうだ？　主治医から聞いたが、腹部に打撲痕《だぼくあと》があったと。痛いか？　苦しいか？」

彼はそっとベッドの端に腰を下ろした。フロレンティーナが起き上がろうとすると、そのまま言うように首を横に振る。

「いいえ、もう痛みもないし、骨や内臓にも異常がないそうです」

ヘルムートの手が伸びてきて、フロレンティーナの、解《ほど》かれてシーツの上に波打っている豊かな髪に触れた。

「だが、暴力を振ったのはあのカウニッツ伯爵だろう？　あの男だけは、許さん！」

低く怒りを押し殺したヘルムートの声は、迫力があった。普段が冷静な人だけに、彼の怒りがひとしおであるとわかる。

「私が……襲われるような隙を見せたのも、いけないんです」

そもそも、アッヘンバッハ先生が休みであると聞いた時に、すぐに帰宅すればよかったのだ。

少しでもダンスを上達させたいという気持ちが、油断を生んでしまった。

ヘルムートはなにか考えるそぶりで、フロレンティーナの髪を撫でていた。

「いや――あの伯爵は、たしかに無類の女好きと言う評判だが、見ず知らずの君を襲ったのには、なにか他に理由があったような気がしてならない。そもそも、自宅に女を引き入れて、侍女に目撃されるなんて、できすぎている」

フロレンティーナはその意味がわからず、硬い表情のヘルムートを黙って見上げていた。彼女の視線に気が付いたのか、ヘルムートがわずかに顔を緩める。

「ああすまない。君はもう、何も心配しなくていい。これからは、外出するときには屈強な護衛も同伴させることにした。もう二度と、君に怖い思いをさせたりしないよ」

フロレンティーナはこくんとうなずく。

こんなにも自分の身を案じてくれる人は、この世界にヘルムートただ一人だとしみじみ思った。それが、彼が夫としての義務を果たそうとする、生真面目な誠実さから来ているのだとしても、心が熱くなる。

この人を愛している、大好きだ。

「旦那様、キスして」

フロレンティーナは小声でおねだりする。口にしてから、恥じらいに頬を染めてしまう。

ヘルムートがさらに表情を柔らかくした。

彼の大きな手が頬を撫で、大きな身を屈めるようにして顔が寄せられる。

乾いて温かい唇が、そっと重ねられる。

「ん……」

目を閉じ、うっとりと口づけを味わう。

ヘルムートは顔の角度を変えては、労わるような口づけを繰り返す。触れるだけの口づけで、フロレンティーナの脈動は速まり、身体が熱くなる。

誘うように唇を開くと、ゆっくりと彼の舌が入り込んでくる。

「……ふ……ぁ、あ」

濡れた舌が丁寧に歯列を辿り、フロレンティーナの舌先に触れて擽る。それだけで、うなじのあたりがかあっと熱を持ち、触れ合う舌先から甘い痺れが全身にじんわりと広がっていく。

「ん、んぅ……ん……」

次第に強く舌が絡んできて、互いに吸い合い擦り合い、陶酔感が深まる。

絶え間なく口づけながら、ヘルムートの手が頬から首筋をあやすみたいに撫でてくる。大きいのに繊細に動く彼の手が、愛おしい。

目眩《めまい》がするような多幸感に、下腹部の奥がじくじく疼いてくる。

そっと唇を外したヘルムートが、耳朶や耳裏に触れてくる。彼の息が乱れている。

「いかんな——欲しくなってしまう」

ヘルムートが低くつぶやく。

「かまいません……」

気持ちは同じだ。

だが、ヘルムートが首を横に振る。

「君は今日は酷《ひど》い目に遭った。暴力も受けた。抱くことは、憚《はばか》られるよ」

「そんな……平気です」

「いや、君の身体の方が大事だ。だが——」

ヘルムートは、ちゅっちゅっと耳の周りに口づけを落としながら、色っぽい声でささやいた。

「君の身体が熱い——君だけでも、気持ちよくしてあげようね」

そう言うや否や、ヘルムートはフロレンティーナの夜着の前合わせのリボンをしゅるしゅると解いた。するっと肩から夜着が滑り落ちる。

「あ」

自分だけ裸になった羞恥で、思わず目を閉じてしまう。

「優しく、するから」

ヘルムートはフロレンティーナの背中に手を回し、耳朶や頬に口づけしながら、そっとシーツの上に仰向けにした。

そのままむき出しの乳房の狭間に、彼が顔を埋めてくる。

「んっ、ん」

さらさらして冷たいヘルムートの髪が、肌を撫でる感触に下腹部がさらに熱くなる。

「フロレンティーナ、フロレンティーナ」

彼はため息交じりに名前を呼びながら、まろやかな乳房を両手で包み込み、すでにひりついている乳首の片方を口に含む。

「は、あっ」

濡れた唇が乳嘴を吸い上げると、つーんと甘い疼きが身体の芯に走る。咥え込まれていない方の乳首は、長い指先がすり潰すように擦ったり、摘み上げたりして刺激する。

「や、あ、あぁ、吸わないで、あ、はぁあ……」

痺れる愉悦がきゅんきゅん下腹部に走り、媚肉が強く締まった。それだけで、深い悦楽が生まれて、耐えようと身体を強張らせると、ますます快楽は深くなってしまう。

「あ、だめ、あ、もう、だめ、しないで、は、早いの……」

いつもよりさらに上り詰める速度が増している。

わずかに顔を上げたヘルムートが、色っぽい眼差しで見つめてくる。

「乳首だけで、もう、達してしまう？」

フロレンティーナは答えるのが恥ずかしくて、頬を上気させて首を小刻みに振る。

「可愛いね——いいよ、達しておしまい」

ヘルムートはちゅうっと音を立てて、さらに乳首を吸い上げてきた。瞬間、先端に鋭い痛みが走るが、たちまちじんじんした熱い疼きと刺激にすり替わった。

「痛っ、あ、や、あ、強くしないで、あ、あ、あ、ああ」

つーんと深い悦楽が隘路の奥へ走り、フロレンティーナは背中を仰け反らして、びくびく身悶える。

「や、だめ、達っちゃう、ああ、あああぁっ」

フロレンティーナは両足をぴーんと硬直させ、絶頂に追い上げられた。

「……はぁ、は、はぁ……やあ……」

浅い呼吸を繰り返しながら、うごめく媚肉からとろとろ愛蜜が溢れてくるのがわかる。短い絶頂の余韻はなかなか冷めず、それどころか、まだ触れられてもいない媚肉は物欲しげにひくついて、止めようもない。

「乳首だけで達ってしまったね。いやらしいフロレンティーナ。もっといやらしくしてあげよう」

ヘルムートは両手で乳房を揉みしだきながら、顔をゆっくりと下ろしていく。滑らかな脇腹や、小さな臍《へそ》に丁重に舌を這わせ、猥りがましい刺激を繰り返し、その舌が次第に太腿の狭間をめがけてくる。

「あ、あ?」

何をされるのかと戸惑っていると、ヘルムートは柔らかな和毛《にこげ》を舌で辿り、くぐもった声で言う。

「足を開いて」

「え? そんな……」

「開きなさい」

少し強い声で言われ、おずおずと両足を広げる。でも恥ずかしくて、大きくは開けなかった。開脚すると割れ目が綻んで、とろりと淫蜜が零れ出るのが感じられ、羞恥がさらに劣情を煽ってくる。

「甘酸っぱい香りがぷんぷんする。男を誘う蜜の香りだ」

そうつぶやいたヘルムートが、フロレンティーナの股間に顔を埋めてきた。

「っ、ひゃっ……あっ?」

彼は何の躊躇《ためら》いもなく、フロレンティーナの花弁を舐めてきた。

「やめ、て、そんなところ、あ、汚い……です、だめぇ」

思わず太腿を閉じ合わせようとしたが、ヘルムートが尖らせた舌先で膨れた秘玉を擽ってくると、下肢が解けてしまうかと感じ入ってしまった。

「あ、あぁん、あぁぁっ」

あまりに強い快感に四肢から力が抜け、閉じるどころか、さらに両足が求めるみたいに開いてしまう。

ヘルムートは濡れた花弁を一枚一枚丁重に舐め上げ、溢れてくる淫蜜を啜り上げ、鋭敏な花芽をぬめぬめと転がしてくる。

「やぁ、だめ、だめぇ、そんなに、しちゃ……あ、あぁ、だめ、なのにぃ……っ」

口では拒んでいやいやと首を振るのだが、隘路からは洪水みたいに愛蜜が吹き出し、強い快感に腰が淫靡にうごめいてしまう。

「とてもよい反応だ。フロレンティーナは、こうやって舐められるのが大好きなんだね、ああ、蜜がどんどん零れてくる。この小さな突起も、真っ赤になってぷっくり膨れて悦んでいる」

ヘルムートは、鋭敏な突起を舌先で舐め回したり、軽く吸い上げたりして、間断なく甘い愉悦を下腹部に送り込んでくる。

「んんっ、言わないでぇ、あ、や、あ、んふぅ、は、はぁあぁ」

　禁忌な場所を舐められて、恥ずかしくてたまらないのに、いつも指でいじられるよりもさらに何倍も心地よく感じてしまい、両足は誘うみたいにさらに開いてしまう。

「んぅ、ん、は、だめ、あ、も、もう、あ、もう、達っちゃいます、あ、また達っちゃう、からぁあぁあ」

　ヘルムートがひくつく媚肉の狭間にまで舌を押し込み、くちゅくちゅと掻き回してくると、どうしようもない悦楽がさらに増幅され、腰がびくびく浮いた。

　するとヘルムートは、ぱんぱんに充血した秘玉を咥え込み、強く吸い上げながら長い指を蜜口の中へ押し込んできた。

「っ、はぁあ、あ、達く、あ、あぁあっ」

　息が止まりそうなほどの快感に、フロレンティーナは涙目になって腰を突き上げたまま達してしまう。

「は……ぁ、あ、は、あ?　あ、あぁ?　また……?」

　達したばかりだというのに、ヘルムートはそのまま繰り返し秘玉を吸い上げてくる。

「あ、もう、達ったのにぃ、だめ、なのにぃ……あ、はぁん、はぁあぁあん」

　瞬時に何度も上り詰め、フロレンティーナはどうしようもない快感に、甘い悲鳴を上げ続けた。あまりに感じ過ぎる時間が続くと、快楽も責め苦に変わっていく。

それに、秘玉だけの絶頂は、濡れ果てた蜜壺を飢えさせるだけで、それも辛い。

「……やあぁ、もう、許して……辛いの……悦すぎて、辛い、あ、だめ、も、終わらせて、あぁ、旦那様ぁ」

嬌声に啜り泣きが混じってくる。

「私の指をきゅうきゅう締め付けてくる。この奥も、達きたくてたまらないみたいだね。フロレンティーナ、達きたい？　奥で、達きたいか？　そう言うんだ」

花芽を硬い鼻先で突きながら、ヘルムートが答えを促してくる。

フロレンティーナはもう、恥も外聞もないほど官能の欲望に追い詰められていた。

腰を突き出し、もどかしげに揺さぶった。

「達きたい、です……中で、達きたい、ああ、お願い、旦那様、お願い……っ」

「よく言えた、いい子だ。思い切り、達かせてあげよう」

そう言うと、ヘルムートの指がぐぐっと隘路の奥まで突き入れられてきた。

「んあぁ、あ、あ」

長く節高な指が、ざわめく膣襞を擦り立て、内壁の奥のふっくらと膨らんだ箇所を指の腹でぐっと押し上げてくる。

「ああああっ、あ、そこ、あ、だめ、そこ、だめぇっ」

フロレンティーナは目を見開き、甲高い嬌声を上げた。

だが無論ヘルムートは容赦なく、一番感じやすい部分を突き上げ、同時に尖りきった花芽を吸い上げてきた。

弱い箇所を同時に責められ、フロレンティーナは目の前が愉悦で真っ白に染まった。

「あ、あ、いやぁ、あ、だめ、あ、もう、あ、もう、あ、くる、あ、きちゃう、ああ、あああぁあぁ」

感じすぎて泣きじゃくり、髪を振り乱しながら、激しく上り詰めた。

「んんんっ、いやぁあああ、あああぁぁっ」

全身がびくびくとのたうった。

爪先がきゅうっと丸まり、強くイキんでしまう。

頭の中は愉悦でいっぱいになり、もう何も考えられない。

極めた直後、思考がふわりと飛んだ。

気を失ったかと思うが、全身の強張りが解けてくると、朦朧と意識が戻ってきた。

「……はぁ、は……ぁ、ぁ……あ？」

もうダメだと思うのに、ヘルムートは痛いくらい鋭敏になった秘玉を舌で嬲《なぶ》り続け、指を二本、三本と増やしていき、執拗《しつよう》なほどに弱い箇所を擦ってくる。

「ひっ、も、やぁあっ」

感じやすくなった肉体は、あっという間に次の絶頂に上り詰めてしまう。びくんびくんと腰を震わせると、最奥からじゅわっと熱くさらさらした愛潮が吹き零れた。

「ああ、やぁ、漏れて……いやぁん、やだ、あ、やぁ……」

フロレンティーナは羞恥のあまり、両手で顔を覆ってしまった。

この頃はあまりに気持ちよくなると、こうして大量の潮を吹いてしまう。それが恥ずかしくて、未だに慣れないのだ。

「可愛いね、感じすぎて潮を吹いて、泣いてしまう君が、とても可愛い」

ヘルムートがようやく指を引き抜き、ゆっくりと身を起こす。

そして両手でフロレンティーナの手を顔から引き剥がし、歓喜の涙でぐちゃぐちゃになった表情を覗き込んできた。

「いやっ……見ないで……こんな私……」

あらぬところを舐められて、淫らに達してしまった顔を見られるのが辛く、顔を背けようとすると、ヘルムートが嬉しげな声でささやく。

「どうして？　こちらを見てごらん、フロレンティーナ。こんな表情を私にだけ見せてくれるのが、とても嬉しいんだ」

「……嬉しい？」

フロレンティーナはおずおずと顔を振り向け、ヘルムートと視線を合わせる。

今まで見たこともない、愛おしげな表情をしていた。

その真摯な青い眼差しに、きゅんと心臓が震える。

「旦那様……私も、旦那様が嬉しいと、とても嬉しいです……」

喘ぎすぎて少し掠れた声で、切れ切れに伝える。

ヘルムートは目を見開き、なにか動揺するような顔つきになる。

直後、彼はその表情を見られまいとするかのように、フロレンティーナの顔中に口づけの雨を降らせてきた。

「フロレンティーナ、フロレンティーナ」

繰り返し呼ぶ声はせつなく甘く、まるで心から愛している者に告げるようで、フロレンティーナの心は強く締め付けられた。

ヘルムートの舌と指で、数え切れないほど悦楽を極め、やがてフロレンティーナはうとうとと微睡《まどろ》んでしまった。

ぼんやりと、ヘルムートが新しい寝巻きに着替えさせてくれ、ベッドに寝かせてくれたのを覚えている。

「――フロレンティーナ」

ヘルムートがベッドに腰掛けて、髪の毛を撫でている。

「――君みたいな人は、初めてだ」

フロレンティーナは浅い眠りの中で、ヘルムートの声を聞いた。

「不思議に、私の心にすっと入ってくる。いつの間にか、君がそばにいる生活が、当たり前になっている――なぜだろう。なぜ、君なのだろう」

ヘルムートは自分の気持ちを整理するように、ひとりごちている。

「父上は、傲慢で専制君主のような人だった。母上と結婚したのも、母上が皇帝陛下ゆかりの血筋だったからだ。その母上を、まるで自分の所有物のように扱っていた。愛情の欠片《かけら》も感じなかった。母上は父上に冷たくあしらわれ、いつも辛そうで寂しそうだった。気弱で病気がちだった母上は、私が五歳の時に馬車に轢《ひ》かれて死んだ。父上は事故だと言うが、目撃していた使用人が、こっそり私に教えてくれた。母は、自分から馬車の前に飛び出していったのだと――」

フロレンティーナはどきりとした。

ヘルムートの母親のことや子供時代の話は何も知らない。

よもや、そんな悲しい過去があったなんて。

ヘルムートが小さくため息を吐いた。

「それで私は、成人しても決して結婚しないと決めたんだ。あの冷酷な父の血が流れている私だ。妻となる人を同じように不幸にしてしまうかもしれない。だから――」

だからヘルムートは、ずっと独身だったのか。

「なのに――君とこうしている。君のことを、私は不幸にしないだろうか。今でも不安でならない」

普段、冷静で自信に満ちていて頼《たよ》り甲斐《がい》のある彼が、心の奥でこんな苦悩をしていたのか。

自分よりずっと年上で大人なのに、今の彼はひどく心もとなげに感じる。

フロレンティーナは飛び起きて、ヘルムートの頭を抱きかかえ、幼子をあやすように優しく言って上げたかった。

（心配しないでいいの。私はとても幸せです。旦那様、どうか悩まないで。私は幸せですから）

だが、強い睡魔が襲ってきて、そのまま眠りの底に引き戻されてしまった。

いつの間にか、ヘルムートも寝室から姿を消していた。

翌、早朝である。

昨日の事件の騒ぎでまだぐっすりと寝入っていたフロレンティーナは、階下で激しく言い合う人の声に、びくりとして目が覚めた。

起き上がって枕元に垂れている侍女を呼び出す鈴の紐を引くと、すぐに寝室の扉をノックする音がした。

「お目覚めでございますか、奥方様」

アンネの声だ。

「入ってアンネ」

静かに扉を開けて、アンネが入ってきた。

「どうなさいました？　お医者様は二、三日はゆっくり養生するようにのことで、まだお休みになった方がよろしいかと——」

「今、玄関先で人の声がした気がして」

アンネはさっと表情を強張らせた。

「——先のご当主様が怒鳴り込んでこられて——ご当主様と言い争いになって」

「お義父様が？」

フロレンティーナはさっとベッドから下りた。ガウンを羽織ろうとして、昨日殴られた横腹が痛み、動きを止めてしまう。アンネが素早く介助した。

「奥方様、今、お出にならない方がよろしいです」

フロレンティーナはその言い方に感じるものがあった。

「私のことで——私の事件で、お義父様はこられたのね？」

アンネは答えない。

フロレンティーナはアンネを押しのけるようにして、無言で寝室を飛び出した。アンネが慌てて後についてくる。

中央階段の上まで来ると、フロレンティーナはそっと階下を伺った。

「だから私が最初から言ったのだ。あの娘はやめておけと——すでに、昨日から社交界では、あの娘の起こした不貞事件で持ちきりだ！」

ヘルムートの父が大声で怒鳴っている。心臓が飛び上がった。

「ですから、フロレンティーナは決して不貞など働いていません。彼女はおそらく、なんらかの事件に巻き込まれたのです。彼女は被害者だ」

ヘルムートがきっぱりと言い返した。

「ふん、そんなかばいだてをしても、もはやあの娘の評判は地に落ちた。不祥事を起こして、名門バルツァー家の名誉を傷つけたのだ。このままあの娘を置いていては、お前の出世の妨げになる。さっさと手切れ金をやって、この屋敷から追い出せ！」

「いいえ。決してそんなことはしない！」

ヘルムートの声が怒りで震えている。こんな感情的なヘルムートは始めてだ。

フロレンティーナは怖くて心臓がばくばくし、それ以上聞いていられなかった。

「奥方様、ベッドに戻りましょう」

背後でアンネが小声で促す。

フロレンティーナはこくんとうなずき、アンネに支えられて寝室に戻った。

ふらふらしながらベッドに潜り込むと、上掛けをそっと掛けながら、アンネが誠実に言う。

「奥方様。屋敷の者は皆、ご当主様と同じ気持ちです。私たちは全員、奥方様の味方ですから」

心のこもった言葉に、フロレンティーナは涙が溢れそうになる。

「ありがとう……アンネ」

「さあ、もう少しお休みなさいまし。そして、ご当主様にはお元気な笑顔をだけを見せて上げてください」

「ええ……」

アンネが寝室を退出した途端、どっと涙が零れ、フロレンティーナは頭からすっぽり上掛けを被って嗚咽を噛《か》み殺《ころ》した。

しばらくして、廊下でヘルムートがガストンとひそひそと話している声が漏れてきた。

「――早朝から騒いですまなかった。父上は追い返した――フロレンティーナは？」

「アンネから聞いたところ、奥方様は、まだぐっすりとお休みです」

アンネが気を利かして、ガストンにそう告げたのだろう。

「そうか――今朝は好きなだけ寝かせておきなさい。彼女のことだ、いつも通り私の世話をしようと、普通に起きてこようとするだろう。だから今日は、私は早めに城に上がる」

「かしこまりました――でも、ご当主様も、本日はお休みにした方がよろしくはありませんか？　その――昨日の件で、城内でよからぬことを言う者もおりましょう」

「なにも私たちに後ろめたいことなどない。言いたい者には言わせておく。休んだりしたら、逆につまらん推測をされる。堂々とするべきだろう。ただ、フロレンティーナはしばらくは外出を控えさせよう。彼女の心身の安全が第一だからな」

「かしこまりました。すぐにお仕度いたします」

二人の足音が遠ざかっていく。

「……旦那様」

フロレンティーナのせいでバルツァー家の評判を落としてしまったかもしれないのに、ヘルムートは少しも怯《ひる》んでいない。あくまでフロレンティーナを守ろうとしてくれている。

その気持ちが胸に染みる。反面、ヘルムートを窮地に立たしてしまった、と感じた。

「名門バルツァー家の名誉を傷つけたのだ。このままあの娘を置いていては、お前の出世の妨げになる」

ヘルムートの父の言葉が、ぎりぎりと心に食い込む。

もしフロレンティーナのせいで、ヘルムートが念願の経済大臣の地位を得られなくなったりしたらどうしよう。

ヘルムートの将来と夢が、台無しになってしまう。

国のため民たちの幸せのために働くことが、彼の生きがいなのに。

ヘルムートの夢を叶えることが、フロレンティーナの夢でもあるのだ。

フロレンティーナは混乱する頭の中で、必死で考えた。


一方、皇城に上がったヘルムートは、城内の者たちからの好奇心や嫌悪の眼差し、そしてヒソヒソ悪しざまな噂《うわさ》をする声を全身に感じていた。

自分一人のことなら、どんな目で見られようと一向に平気だが、フロレンティーナに悪評が立つことだけは、我慢ならなかった。

この事態を招いたのが、おそらく自分のせいであろうとうすうす察しがついているだけに、慚愧の念に耐えない。

しかし、表向きは平然と通常の業務を片付けていた。

午後、シュッツガル四世からの呼び出しがきた。

予想はしていた。気持ちを引き締めて謁見室に入ると、シュッツガル四世はひどく不機嫌そうな表情で口髭をひねっていた。

ヘルムートが玉座の前に跪くや否や、シュッツガル四世は重々しい声で尋ねてきた。

「公爵、貴殿の許嫁について、よからぬ噂を耳にした。その噂は、真実なのか？」

ヘルムートは、なるだけ落ち着いた声を出そうと努めた。

「いいえ、陛下。すべては何かの陰謀です。彼女にも迂闊《うかつ》なところはあったとはいえ、私の許嫁は、事件に巻き込まれただけなのです。彼女は潔白です」

シュッツガル四世は玉座にもたれて、しばらく考え込んだ。

「ふむ。私は貴殿の誠実さを信じている。だが、火のないところに煙は立たぬという。もし、貴殿の許嫁の噂が事実無根であるのなら、私を納得させる証拠を出して欲しい。さもなくば、醜聞にまみれた女性を、貴殿の妻として認めるわけにはいかぬ」

普段は温厚なシュッツガル四世の厳しい言葉に、ヘルムートは背中に冷や汗が流れるのを感じた。だが、あくまで自信に溢れる態度を貫いた。

「御意。近々に、陛下にご納得いただける証拠を持ってまいります。どうか、しばらくのご容赦をください」

シュッツガル四世は少し表情を緩め、うなずいた。

「うむ。貴殿のことは信じている。自分の将来を大事にせよ」

「ははっ」

深々と頭を下げながら、ヘルムートは必ずフロレンティーナの名誉を回復してやると、強く心に誓うのだった。

第四章　別れの時

その頃、フロレンティーナは、アンネとヘルムートが新たに付けた護衛役と共に、郊外に住んでいるヘルムートの父の屋敷を訪れていた。

アンネと護衛役を控え室に残し、フロレンティーナだけ居間で待機した。

程なく、ヘルムートの父が入ってくる。

「驚いたな、貴女が私を訪ねて来るとは——なかなかに気の強いお方だとみえる」

ヘルムートの父は、フロレンティーナが単身訪問してきたことに驚きを隠せないようだ。

「面会していただき、ありがとうございます」

フロレンティーナは丁重に頭を下げた。

テーブルを挟んで対面に座ったヘルムートの父は、足を組んで傲岸そうな態度を取る。

「で、私に何か用かね？　私が息子と貴女との結婚を快く思っていないことは、承知であろうな。しかも、あのようなスキャンダルを起こしては、如何《いかん》とも承諾し難い」

高圧的な言葉に、フロレンティーナは萎縮しそうになる。自分に反感を持っている人と対峙《たいじ》するのは辛い。けれど、ずっと考えて、悲壮な決意を胸に秘めて、ここまでやってきたのだ。

深呼吸して、顔を上げた。

「公爵様、私はお願いがあって伺いました」

ヘルムートの父は、ふんと鼻で笑う。

「だから、貴女との結婚は認められないと言っておろう」

フロレンティーナは首を振る。

「いいえ、私は旦那様――ヘルムート様と結婚する気はありません」

意外な言葉に、ヘルムートの父は目を丸くした。

フロレンティーナは真摯な表情で訴える。

「私は決して、不貞など働いてはおりません。でも、このままではヘルムート様の評判に傷を付けてしまいます。ヘルムート様は、将来がおありです。経済を潤して、国と国民をより幸せにしたいという、立派で大きな夢をお持ちです。それを、私はどうしても叶えていただきたいのです」

ヘルムートの父がぼそりとつぶやく。

「あいつが、そのような大望を?」

フロレンティーナは強くうなずいた。

「はい。そのためには、ふさわしい女性と結婚なさり、経済大臣の地位に就いていただきたい。今の私では、ヘルムート様に迷惑をかけるだけです。だから——身を引こうと思います」

フロレンティーナは気持ちを込めて、きっぱりと言った。

ヘルムートの父は気圧《けお》されたように、黙り込んだ。

彼は組んでいた足を解く。

そして、フロレンティーナの真意を探るような顔をした。

「本気かね？　貴女は息子に執着していたと聞くが？」

「本気です。ヘルムート様の幸せのためなら、私のちっぽけな感情など、どうでもいいのです」

ヘルムートの父はわずかに表情を和らげる。

「ふむ。で、私に何のお願いがあって来たのだね？」

「お願いは、二つです」

「うむ。聞こうか」

「——あの——私は養女で、実家に戻るのは憚られます。どこか田舎にもで引き籠もりたいのですが、ヘルムート様には頼めません。できれば、生活費を幾らかでも援助していただけないでしょうか？」

恥ずかしく言い出しにくいことではあったが、今は頼るのは彼しかいない。

ヘルムートの父はしばらく考えていたが、やがてうなずいた。

「わかった。私の地方の領地にひとつに、使っていない小さな別宅がある。そこをあなたに譲ろう。家の周囲の領地も、あなたの所有にしてあげよう。そうすれば、土地代が毎年入る。暮らすには十分の収入になろう。貴女がこの結婚を諦めるというのなら、私は願いを聞き届けよう」

フロレンティーナはほっと胸を撫で下ろした。

「ああ、感謝いたします。こんな私に、寛大なお申し出を、本当に感謝いたします！」

思わず笑顔になってしまい、慌てて表情を引き締める。

その顔の変化に、ヘルムートの父が興味深げな眼差しになった。

「で、もう一つのお願いとは？」

「あ、それは——」

これを言うと、ヘルムートの父が気分を害してしまうかもしれない。でも、最後にどうしても言っておきたかった。

「あの、どうか……ヘルムート様と、一度穏やかにじっくり、お話をなさって欲しいのです。

あの方のお気持ちを、きちんと聞いて上げていただきたいのです」

ヘルムートの父がぴくりと片眉を跳ね上げる。

「息子と穏やかに会話だと？　あいつは私を嫌っているのに？　あいつは私の言うことなど、聞く耳も持たぬのに？」

相手の気分が不穏になったのを感じたが、フロレンティーナは一途《いちず》に訴えた。

「いいえ、いいえ。実の父子ではありませんか。ヘルムート様がお父様を嫌っておられるなんて、本心ではありません。ヘルムート様は、お心に人には言えない傷をお持ちです。それを理解できるのは、きっと、お父様以外におられません」

「──心の傷」

ヘルムートの父は、低く呻くように言った。

「──あいつは、母親を死なせたのは、私だと思っているのだろう」

フロレンティーナはハッと心打たれる。

やはり、ヘルムートの父は、ヘルムートのことを理解していたのだ。

「お母様のことも、心を割ってお話しなされるとよろしいと思います──きっと、きっと、お互いの誤解や思い込みも、解けます。私のお願いは、お二人が父子として仲良くされることです」

ヘルムートの父は、フロレンティーナをまじまじと見つめた。

「貴女はどうして、そこまで私と息子の仲を案じる？」

「私には……両親の記憶がありません。愛情込めて育ててくれた叔母も早世しました。私は、肉親の縁が薄いのです。ですから、お父様とヘルムート様には、そのようなことが無いよう、わだかまりを解いて欲しいのです」

ヘルムートの父はしばらく無言でいたが、ふいに息を大きく吐いた。

「──わかった。努力してみる」

フロレンティーナは胸が熱くなった。

「ああ、よかったです！　これを言いたいために、参りました。ほっとしました。もう何も思い残すことなど、ありません！」

ヘルムートの父が、訝《いぶか》しげに聞く。

「おかしなお嬢さんだ。こちらの話が主題なのかね？」

フロレンティーナは花が開くような笑顔になる。

「はい！　ヘルムート様のために、思い切ってお訪ねしたのです。ちょっと怖かったですけれど──」

ヘルムートの父が苦笑めいたものを浮かべた。

いた。

「たしかに、私はかなり威圧的だからな」

フロレンティーナは顔を真っ赤に染める。

「いいえ、いいえ、そんなことは――少しだけ、厳しいだけで、あっ、同じことですね？」

ますます顔を赤らめるフロレンティーナを、ヘルムートの父は見直したような表情で眺めていた。

ヘルムートの父の屋敷を辞去し、帰りの馬車の中で、フロレンティーナはアンネに強く言い置いた。

「お願いアンネ。今日、私がお義父様を訪問したことは、旦那様はもちろん、誰にも言わないで欲しいの。特にガストンには――」

アンネは怪訝《けげん》な顔をする。

「承知しました。が、なぜとりわけガストンを？」

フロレンティーナは無邪気に言う。

「だって、アンネとガストンは仲が良いんだもの。だから、うっかり言わないようにね」

「まあ――なにをおっしゃいますやら」

アンネが生真面目な顔をぽっと染めた。

フロレンティーナはニコニコした。

「仲が良いことはいいことだわ、アンネ」

アンネはうつむいて、珍しく歯切れ悪く答えた。

「べ、別に——ただの、仕事仲間でございますよ」

フロレンティーナは、赤面しているアンネを微笑ましく見ていた。


その日の晩餐の席で、フロレンティーナはヘルムートに切り出した。

「旦那様……あの、一度だけでいいので、私のダンスの腕前を見てくださいませんか？」

ヘルムートはデザートの皿から顔を上げる。

「おや、君は結婚式の後まで、私とのダンスはとっておくと言っていなかったかい？」

フロレンティーナは目線を逸らし、早口で答えた。

「いいえ、でも、やっぱり本番前に、見ていただく方がいいかと思って」

ヘルムートは一瞬、フロレンティーナの胸の内を探るような眼差しになったが、すぐにいつもの静かな表情になる。

「そうか——では、あとで屋敷の広間においで。お相手しよう」

フロレンティーナはほっとして笑顔になった。

「では、それっぽくおめかしして参りますね」

「わかった」

フロレンティーナはすでに、身を引く決意を固めている。結婚式の後のダンスは、おそらくできないだろう。だから、今夜、最後のダンスをヘルムートと踊りたかったのだ。

アンネに頼んで、少し大人っぽいデザインの夜会ドレスに着替え、髪も念入りに結い直してもらった。

支度を終えて広間に行くと、庭に面した張り出し窓のそばに、ヘルムートが佇《たたず》んでいた。折しも満月で、煌々《こうこう》と光る月明かりがヘルムートを金色に照らしている。

彼も礼服に着替えていた。

オーダーメイドの高級シルクの礼服を着たヘルムートは、子どもの頃に読んでいた絵本の挿絵の王子様のように美しい。

フロレンティーナは予想外のことで、胸がドキドキときめいてしまう。

広間の隅には、バルツァー家専属のバイオリン演奏者が控えている。

ヘルムートはフロレンティーナの方へ、ゆっくりと歩み寄ってきた。

「来たね——その紫のドレス、とても似合っている。何処《どこ》かの国のお姫様のようだよ」

自分が内心思っていたのと似たようなことを彼が言うので、フロレンティーナは思わず微笑んでしまう。夫婦として寝食を共にしているうちに、次第に二人の考え方が似てくる気がしていて、それがとても嬉しかった。

「ありがとう、旦那様」

頬を染めているフロレンティーナの前で、ヘルムートが美しい所作で一礼した。

「では姫君、私と一曲踊ってくださいませんか？」

「ふふ、もちろんですわ王子様」

フロレンティーナはすっと右手を差し出し、その手をヘルムートが柔らかく握った。

「ワルツでいいかな。三拍子だ。行くよ、一、二、三」

ヘルムートの声掛けに合わせ、バイオリン奏者が演奏を始める。ゆったりとした美しい旋律が広間に流れた。

ヘルムートが滑るようにステップを踏み始める。

二人は滑るようにフロアの中央に進み出た。

ヘルムートのリードは、思っていた以上にスマートで、堅物の彼には意外な気がした。

「旦那様、とてもリードがお上手です——バッハマン先生よりずっと、踊りやすいです」

ヘルムートが口元をわずかに緩めた。

「実はね、君とダンスをすることを想定して、私も密かに特訓をしていたのだよ」

「え？」

「女性とダンスするのは得意ではないのだが、ほかならぬ君と踊るのだ。私がみっともなくて、君に恥をかかせてはいけないと思ってね。仕事が終わった執務室などで、人知れず練習していたのさ」

フロレンティーナは胸がじんと熱くなる。

誰もいない執務室で、ヘルムートが生真面目な顔でリードの練習をしている姿が目に浮かび、目頭が熱くなった。

「旦那様ったら……」

「これで、二人とも恥をかかずにすみそうだね」

フロレンティーナは感激して、その場で声を上げて泣きそうになる。そこをぐっと堪え、とびきりの笑顔を浮かべてみせる。

「恥どころか、これからは旦那様と踊りたいという女性が、列をなしますよ」

「ダンスを踊るのは、君とだけでいい――なぜなら」

ふいにヘルムートが真剣な表情になった。彼がなにか告げようとしている。

フロレンティーナは脈動が速まり、息を詰めて彼を見上げた。

と、ふうっと演奏が消えた。

バイオリン奏者が、遠慮がちに声を掛けてくる。

「ご当主様、曲が終わりましたが」

ヘルムートはハッと夢から覚めたような表情になり、足を止めた。

「ご苦労。急に呼び立ててすまなかったね。今夜はもう下がってよい」

「かしこまりました。お二人とも、素晴らしいダンスでございました。では、おやすみなさい」

バイオリン奏者は一礼して、広間を出て行った。

音が失《う》せた広間は、やけに寒々と感じられた。二人はなんだがぎこちなく向かい合っていた、ヘルムートはその場の空気を変えるように軽く咳払いし、フロレンティーナの手を取ったまま窓際に導いた。

「フロレンティーナ、ほら、よい月だ」

フロレンティーナは窓から満月を見上げた。

うっとり見上げていると、横顔にヘルムートの視線を感じた。

「ほんと、綺麗です」

「――君の方が、もっと綺麗だ」

小声でつぶやいたかと思うと、背後から包み込むように抱きしめられる。

「あ……っ」

ヘルムートのひんやりした鼻梁が、うなじから首筋をそろりと撫で下ろす。擽ったさに身を捩ると、腰に回した彼の手がおもむろに胸元もまさぐってきた。

深い襟ぐりから手が潜り込んできて、直に乳房をいじろうとする。

「ん、あ、だめ……」

官能的な刺激に、フロレンティーナは甘い声が漏れてしまう。ヘルムートは乳房を揉みしだきながら、フロレンティーナの耳元で熱くささやいた。

「だめか？」

その言葉と同時に、耳朶の後ろに濡れた口づけを落とされる。艶めいた低い声と感じやすい耳朶への刺激に、ぞくぞく身体の芯が震えてしまう。

「だって、こんなところで……あ、ん……」

「自分の家の中だろう？」

ヘルムートはかまわず耳裏に舌を這わし、探り当てた乳首をきゅうっと抓《つね》った。

「は、あぁん」

先端からじんと甘い痺れが下腹部に走り、背中が弓なりに仰け反る。

ヘルムートは乳首を磨り潰《すつぶ》すみたいに擦りながら、ちゅっちゅっと音を立てて首筋に口づけ

の雨を降らせてきた。

「乳首がもうコリコリに凝ってきた。気持ちよくなってきた？」

「や……そんなにするから、だめ……に」

フロレンティーナは熱くなってきた身体をくねらせる。

「そんなって？　こうかな？」

ヘルムートはさらにきゅううっと強く乳首を捻り上げたかと思うと、直後、ひりつく先端をあやすように指の腹で撫で回す。緩急をつけた刺激に、媚肉がきゅんきゅん収縮し、痺れる快感が背中に抜けていく。

「はぁ、あ、そんなにいじっちゃ……だめ、だめぇ」

あっという間に花弁が濡れてくるのがわかる。やるせない疼きをやり過ごそうと、もじもじと腰が揺れる。

「可愛いね。私の指先一つで、すっかり欲情してしまう。すっかり私だけのフロレンティーナだ」

後ろ向きだから見えないが、なんだかヘルムートが笑っているような気がして、フロレンティーナはぎこちなく顔を振り向ける。

でも、すかさず唇を奪われてしまい、彼の表情はわからなかった。

「んんっ……ん、ふ、んんぅ」

舌を絡め取られ、ヘルムートの唾液の味が口いっぱいに広がると、頭が心地よさに占拠されてもう、何も考えられなくなる。口蓋から舌の脇をぬるっと舐められ、四肢の力が抜けてしまう。彼の舌の動きに応えようと、つたなく自分の舌をうごめかせるが、舌先を甘く噛まれると、ぞわっと甘い震えが全身に走り、もうなすがままになってしまう。

「んぅ、んん……は、ふ、ぁあ……ん」

口腔を甘く蹂躙され、感じやすい乳首を撫で回され、身体の奥が熱く疼いてどうしようもなくなる。隘路が飢えて蠕動し、ヘルムート自身を受け入れたくて仕方ない。

「は、はぁ、旦那様……ぁ」

口の端から嚥下し損ねた唾液が溢れるのもかまわず、唇を引き剥がして、濡れた瞳で訴える。

ヘルムートは獣じみた熱を孕《はら》んだ表情で見返してくる。

この欲情した顔に、ぞくぞくする。いつもは端整で静謐《せいひつ》な彼の美貌が、野性味を帯びて危険な感じになるのも、とても惹《ひ》かれる。フロレンティーナだけが、こんな顔つきをする彼を見ることができるのだ。

だが、この顔を独り占めするのも、もう終わりになってしまう。

ずきんと心臓が痛んだ。

心の痛みを振り払いたくて、フロレンティーナは甘えるみたいに顔をヘルムートに擦り付けた。

「旦那様、もう、ほしい……挿《い》入れてください……」

月の光を反射して、ヘルムートの青い目が魔物みたいにキラッと光った気がした。

「そんな色っぽい顔でおねだりされたら、男はひとたまりもないな」

ヘルムートは素早くフロレンティーナのスカートを捲り上げ、ドロワーズを引き下ろした。スカートの中に籠っていた空気がさっと抜け、外気に晒《さら》された剥き出しの下腹部が、ぶるりと慄いた。

ヘルムートの指が、秘裂をまさぐる。そこはすでに恥ずかしいくらい濡れそぼっている。

「もう、とろとろになって——」

くちゅくちゅと猥りがましい音を立てて蜜口を掻き回され、浅い快感にも悩ましい鼻声が漏れてしまう。

「はぁあっ、あ、も、お願い、もう……っ」

焦れて肩を揺すると、ヘルムートがぬるっと指を抜き、フロレンティーナの背中を軽く押した。

「窓際に手をついて、お尻をこちらに突き出して」

「あ……はい」

言われた通りにすると、熟れた陰部がヘルムートの目にあからさまになり、羞恥心が劣情をさらに煽ってくる。

「はぁ、早くぅ、お願い」

ぷるぷると尻を振り立てると、しとどに溢れた淫蜜が太腿を伝って、膝下まで垂れていく。

噎《む》せ返《かえ》るような雌の香りがあたりに漂う。

「ああなんていやらしい格好だ、フロレンティーナ。清純無垢だった君が、こんな扇情的な女性になるなんて、たまらないね」

「ひどい……旦那様がこんな私にしたのに……ずるいです」

「とてもそそられる、とても蠱惑的だよ」

背後でかすかに衣擦《きぬず》れの音がした。

フロレンティーナははしたない期待に、息を詰めて待つ。

ヘルムートの大きな片手が尻たぶを掴み、屹立を握ったもう片方の手が、綻んだ花弁に先端を押し当てる。

そのまま躊躇なく一気に貫かれた。

熟れた内壁をみっちりと埋め尽くされ、膨れ上がった先端が最奥をずん、と抉ってきた。

「は、ああぁっ」

脳芯まで走り抜ける激烈な快感に、フロレンティーナは背中を仰け反らせて身震いした。

「ふ——きりきり搾り取らせそうなほど、締めてくるね」

ヘルムートが背後で息を乱し、フロレンティーナの細腰を抱え直し、ずちゅずちゅと卑猥な水音を立てて、怒張を穿ってきた。

「んんっ、あ、奥、あ、当たる、ああ当たるぅ……っ」

張り詰めた嵩高なカリ首が、感じやすい箇所をごりごりと削ってくる。突き上げられるたびに熱い愉悦が湧き上がり、フロレンティーナは甲高い喘ぎ声を止めることができない。

「わかっているよ。君はここをこうされるのが、大好きだよね」

ヘルムートは「こう」と言う時に、深く挿入したまま腰をぐりっと押し回してくる。

深遠な喜悦に、瞼の裏に官能の火花が散った。

「ひぅっ、あ、や、だめ、あ、おかしく……なっちゃう……だめ、だめぇ」

もうだめと言いながら、媚肉はさらなる歓喜を求め、自ら腰を振りたくりたい欲求に苛《さいな》まれてしまう。

「いいんだ、おかしくなって、フロレンティーナ、もっと私を感じて、もっと」

ヘルムートはさらに力強く、灼熱の剛棒を抽挿しながら、二人の結合部に手を伸ばしてくる。

彼が何をしようとしているか悟り、フロレンティーナはびくんと腰を慄かせた。

「あ、だめ……そこは、だめ……っ」

「どうして？」

ヘルムートは腰を振りたてながらも、濡れそぼった股間をまさぐることをやめない。

「だ、だって……あ、あぁっ、あぁーっ」

男の濡れた指が、充血した秘玉をくりくりと抉ってきた。

深い快感と痺れる愉悦が同時に襲ってきて、フロレンティーナの理性は打ち砕かれてしまう。

「やあぁ、あ、そこ、だめ、ほんとに……あ、あぁ、や、あ、あぁっ」

全身がどろどろに蕩けてしまう。

もう気持ちいいということしか、感じられない。

二人で悦楽の高みを上っていくこの瞬間は、現実の辛いことがすべて消えてしまう。

もっと奥まで、もっと激しく、もっと気持ちよくして。

「んんぅあ、あ、あ、出ちゃ……う、あ、出る、あ、はぁあぁっ」

感じ入りすぎると溢れる愛潮が、結合部からじゅわっと吹き零れた。こうなると、もう瞳孔から毛穴まで、全身の何もかもが開ききってしまう錯覚に陥る。

「潮をこんなに吹いて――なんて素直で感じやすいのだろうね」

激しく肉棒を抽挿しながら、ヘルムートが感に堪えないと言った声を漏らす。

「は、ふぁ、あ、旦那様ぁ、あ、ぁあ、気持ちいい、気持ちよくて、たまらないのぉ、ああ、もっと、あぁ、もっとしてぇ……っ」

恥じもてらいもなく、喜悦に溺れていく。

ヘルムートの律動に合わせ、自分の腰が淫らに揺れてしまうのを止めることができない。腰が抜けそうなほどの愉悦が、全身を駆け巡り、最後に脳髄を侵していく。

「いくらでもしてあげる――君の中、ほんとうに心地よい、熱くて、うねって、私にぴったりと絡みついて――」

ヘルムートの声が途切れ途切れに掠れて、彼も絶頂が近いことがわかる。

「は、はあ、あ、私、私、もう……あ、あぁ、旦那様、お願い、一緒に、きて、あぁ、きて、お願い……っ」

「いいよ、一緒に達こう、フロレンティーナ」

ヘルムートは両手でフロレンティーナの尻肉を掴み、がつがつと縦横無尽に濡れ襞を擦り上げてきた。

「は、あ、あ、も、あ、達く、あ、達っちゃう……っ」

意識が霞み、息が詰まり、腰ががくがくと痙攣した。

「――っ、終わるぞ、フロレンティーナ、私も――っ」

ヘルムートがぶるりと大きく胴震いした。

爆ける寸前の肉胴を、フロレンティーナの媚肉がきゅうきゅうと強く収縮する。

「あぁぁあっあ、あ、あぁっ」

「く――」

どくどくと熱い飛沫が膣肉の中に放出されていく。

なにもかもが、ヘルムートで満たされる一瞬。

フロレンティーナはもうこのまま死んでもいいと思う。

愛する人と深く繋がったまま、永久に離れなければいいのに――。


翌日。

フロレンティーナは使用人たちも目覚めない夜明け前に、ひっそりと屋敷を抜け出した。

ヘルムートの父と約束を取り付けたので、田舎の領地へ人知れず引き籠《こ》もるつもりだった。

門を抜ける時、フロレンティーナは朝もやに煙る屋敷を振り返った。

様々な感情で、胸がいっぱいになる。

初めてこの門を潜った時、まだ自分がどんなに無邪気だったか、つくづく思い返す。

長いようで短い、夢幻のような日々だった。

「さようなら、旦那様。どうかあなたの夢を必ず、叶えてくださいね」

口の中で小さくつぶやいた。

最終章　人生に必要なもの

その日の昼前、ヘルムートは父の屋敷を訪れていた。

彼は胸に深く決意していることがあった。

父は意外そうな表情で、客間に現れた。

「お前から私を訪ねるなど、初めてのことではないか？　どうしたのだ？」

ヘルムートは硬い表情で言う。

「今朝、フロレンティーナが屋敷を出て行きました」

「そうか——彼女も自分の身の程をわきまえたのだろう」

対面のソファに腰を下ろした父は、顔色一つ変えない。その態度で、ヘルムートは確信を持った。

ヘルムートは冷たい目で父を睨んだ。

「やはり、あなたの差し金ですね？　フロレンティーナを脅迫したんだ」

父は首を振る。

「いや——あの娘は、自分から身を引くと、私に相談してきたのだ」

「フロレンティーナが？」

「そうだ。このままではお前の出世の妨げになるので、身を引きたいと言ってきたのだ。なかなか腹の据わった娘だ」

ヘルムートは胸を突かれた。

「そうでしたか——」

ヘルムートが声を落としたので、父はわずかに態度を緩めた。

「あの娘の気持ちに免じて、お前もきちんとした身分の令嬢を妻にして、大臣の地位を確保するといい」

ヘルムートはさっと顔を上げた。

「いいえ、父上。私は決めました。家督は血縁の子息の誰かに譲り、私は隠居します」

父が一瞬で真っ青になった。

「な、なんだと⁉　何を血迷ったことを言う！」

ヘルムートは平然と答えた。

「いいえ、私はいたって冷静です。フロレンティーナと結婚し、田舎の領地で二人で暮らします」

父はしどろもどろになる。

「ば、ばかな――小娘一人に、お前は人生を棒に振るのかっ⁉」

「違います。私はやっと、自分の人生を手に入れたんだ――私は人生には何が必要か、初めてわかったのです」

父は言葉を失う。

「父上。大臣は、ふさわしい他の人物がおりましょう。でも、フロレンティーナの代わりになる人は、どこにもいない。私は、もう大事な人を失いたくない」

父ががっくりとソファに沈み込んだ。

「お前は――死んだ母のことを言っているのか」

ヘルムートはハッとする。

父がヘルムートの前で母のことに言及するのは、初めてだった。無言で見つめていると、父は聞いたこともない弱々しい口調で言う。

「私は――一生後悔している。妻を苦しませ悲しませ、死に追いやったことを――」

ヘルムートは胸の中に、父に対する感じたことのない温かい感情が湧くのを感じた。

「その言葉を、聞けてよかったです。なら、私がフロレンティーナを選ぶ気持ちも、お分かりになるでしょう?」

父は急に何歳も老けてしまったような、力ない顔を向けた。

「あの娘は最後に私に言ったよ――お前と和解してくれと。胸の内を割って話せと」

心臓が鷲掴《わしづか》みにされるような痛みが胸に走る。

なんといじらしい娘だろう。

ヘルムートはすっくと立ち上がる。

「父上はご存知ですね? フロレンティーナの行き先を」

父はうなだれたまま、答えた。

「――湖沼地帯にある、私の古い別荘だ」

ヘルムートはうなずき、踵《きびす》を返そうとした。すんでで足を止め、父に静かに声をかけた。

「教えてくださり、ありがとうございます」

父は何か言いたげに顔を上げたが、その前にヘルムートは客間を歩き去った。

急がねば。

フロレンティーナを捕まえるのだ。

父の屋敷の玄関口まで来ると、慌ただしい人の声がした。

「ご当主様、おいでですか?」

ガストンだ。

「今、帰るところだ」

大声で答えると、ガストンが玄関前から階段を一足飛びに上がってきた。

「ご当主様、お言いつけの件、すべて調べ上げました！　ご当主様の推察通りでございました
——例の男にはすでに話をつけてあります」

ガストンは書類の束を差し出す。

「そうか、間に合ったか」

ヘルムートはひったくるようにその書類を受け取り、ざっと中を改めた。

「よし、屋敷に戻って、私の馬を用意しろ」

ガストンはにこりとする。

「いえ、その必要はございません。馬はここに準備して連れてきております。さあ、どうぞお急ぎください」

「うん」

ヘルムートは深くうなずいた。

「お嬢さん、あと少しで県境に出ます、そこからはもう、湖沼地帯ですぜ」

辻馬車《つじばしゃ》の御者が、御者台から声をかけてきた。

「そう、あとどのくらいかしら」

「まあ、三時間ってとこです」

フロレンティーナは、馬車の窓のカーテンを開け、外を眺めた。

高い建物ばかりだった首都を出てからは、景色は一変して、畑と農村ばかりだ。

「あちらに着いたら、ゆっくりとピアノの練習をしようかな。お庭に果樹園を作って、果物のお菓子を焼くのもいいかも。猫を飼うのも楽しそう」

これからの人生設計を口にしてみるが、気持ちは少しも浮きたたない。

もう、一人ぼっちなのだ。

硬い決意をしたのに、寂しくて涙が出そうになる。

「だめよ。しっかりしなくちゃ。フロレンティーナ」

首をぶんぶん振って、悲しい気持ちを吹っ切ろうとした。

と、突然辻馬車が大きくガタンと揺れて、急停止した。

席から転げそうになって、フロレンティーナはびっくりする。

「ど、どうしたの？」

外に声をかけると、御者がうろたえた声を出す。

「道の真ん中で、仁王立ちになっている御仁がおりまして——止めろと合図してます」

「え？」

窓を開けて、身を乗り出すようにして街道の先を見た。

「あ？」

馬に乗った、すらりとした男性がこちらを見据えている。馬は走り続けてきたのか、激しく呼吸を荒がせ、全身にびっしょり汗をかいている。しかし、馬上の人物は息一つ乱していないように平然としている。

フロレンティーナの顔を見ると、その男はまっすぐこちらに馬を進めてきた。

慌てて馬車の中に引っ込もうとすると、深く澄んだ声が呼ぶ。

「フロレンティーナ。出ておいで」

フロレンティーナは呆然として、馬上のヘルムートを見つめた。

「……旦那様……どうして？」

声が震える。

ヘルムートは穏やかに答えた。

「一人で外出してはいけないと、あれほど言ったろう？　困った奥さんだ。不用心だから、私が迎えにきたよ」

フロレンティーナはうなだれて唇を噛む。

「私……一緒には行けません。どうか、もう、私のことは放っておいてください」

ヘルムートは馬車の窓から手を差し込み、フロレンティーナの頬に触れてきた。

「そうはいかない。君は私の妻になるのだから」

「いえ……もう、結婚のことは忘れてください……私なんかより、もっとふさわしい女性がきっとおられますから」

「何を言っている。私にふさわしい人は、君しかいない」

「……」

ヘルムートは深く息を吸うと、真摯な声で言った。

「君が必要だ」

「え?」

思いもかけない言葉に、目がまん丸になった。

「君のそんな素っ頓狂な顔、初めて見たな」

フロレンティーナは我が耳を疑い、呆然となる。

ヘルムートはそんなフロレンティーナにかまわず、辻馬車の御者に告げた。

「悪いが、このまま全速で首都へとって返して欲しい。代金は三倍はずむ」

「承知しやした」

御者は一、二もなく引き受けた。

馬車がゆっくりと向きを変える。

ヘルムートは馬車に並走しながら、窓越しにフロレンティーナに声をかけた。

「一緒に、帰るぞ」

「……はい」

まだ頭が混乱していたが、かろうじて返事をした。

ヘルムートが追いかけてくるなんて、これは夢なのだろうか？

あまりに現実が辛いので、自分に都合のいい幻を見ているのではないだろうか。

わけがわからないまま、ぴたりと馬車の横で馬を走らせているヘルムートの横顔を見つめていた。

途中の村で、疲れた馬を換える時以外は、ひたすら首都に向けて進んだ。

揺れる馬車からではヘルムートとちゃんと話すことも叶わず、彼の方にも何か思いつめたような気配があるので、事情がわからない。

「君が必要だ」

なんて、どういう意図で口にしたのだろうか。経済大臣の地位を得るために必要だ、そういう意味合いには聞こえない、もっと深い感情がこもった言い方だった。

千々に胸を乱しているうちに、首都に辿り着いた。

途中、ヘルムートは御者になにか指示を与え、馬車は屋敷ではない方向へ向かっていた。やっと馬車が止まる。

外から扉を開けたのはヘルムートだった。

彼は両手を差し伸べた。

「さあ、降りて」

軽々と抱きかかえられ、馬車を降りて。

目の前には、白亜の城がそびえ立っていた。フロレンティーナは息を呑む。

「え？　ここは、もしや……」

「皇城だ。今から、皇帝陛下に謁見する」

「えええっ？　えっけん……!?」

フロレンティーナは頭から血の気が引いた。

あまりに思いがけないことが次々襲ってくるので、理解が追いつかない。

「で、でもでも……ちゃんとおめかしもしていないのに……」

ヘルムートはフロレンティーナの手をぎゅっと握り、城への前階段を登り始めた。

「そのままでも、君は十分素敵だ。ありのままの君で、いいんだ」

フロレンティーナは握られた手を通して、ヘルムートの強い意志を感じ、もはやそれ以上の追究はしないでおこうと思った。

彼を信じていればいい——今までだって、ヘルムートのことを疑ったことなどない。彼の気持ちに寄り添っていれば、きっと何も心配はいらない。

フロレンティーナは顎を引き、胸を張ってヘルムートと歩いて行った。

門前の警備兵たちは、ヘルムートと見て取ると、誰何《すいか》することもなく城に通した。

迎え出た皇帝付きの侍従に、ヘルムートは迷いのない言葉で告げる。

「陛下にお目通りを。ヘルムート・バルツァー公爵が、火急の用があるとお伝えせよ」

素早く城の奥に姿を消した侍従は、程なく戻ってきた。

「陛下は、第一謁見室にてお会いになるそうです——そして」

侍従はわずかに声を潜めた。

「当該人物も、呼び出されております る」

「わかった——行こう」

ヘルムートは案内係の後から、躊躇なく前に進んだ。

城内は、吹き抜けの高いドーム型の天井を古代風の円柱が支え、柱や壁に歴史を感じさせる精緻な彫刻が施され、高い窓には大聖堂ばりの高級色ガラスが嵌め込まれ、廊下だけでも舞踏会が開けそうなほど広い。しかし、フロレンティーナにはそれを鑑賞する余裕もない。

ヘルムートの真意がわからないが、今から皇帝陛下にお目通りするなど、緊張感がいや増すばかりだ。

第一謁見室に辿り着き、重々しい扉が開かれた。

扉の前で、ヘルムートが立ち止まる。

「公爵様、どうぞ」

中から、皇帝付きの侍従が声をかけた。

ヘルムートとともに、足を進める。

真紅の絨毯が、長く玉座の階の下まで続いている。玉座にはシュッツガル四世皇帝陛下が鎮座している。国の色である青い皇族の衣を着て、堂々として威厳のある姿だ。

階の下に、初老の貴族が控えていた。

フロレンティーナは恐れ多くて、すぐに顔を伏せてしまう。

「公爵、何の用であるか？」

シュッツガル四世が重々しく声をかけてきた。

ヘルムートはフロレンティーナの腕を取り、ゆっくりと玉座に近づく。

二人は階の下で、最敬礼した。

顔を下げたまま、ヘルムートがよく通る声で答えた。

「陛下、私は陛下より、この娘、フロレンティーナとの結婚承諾をいただきたく、参上いたしました」

フロレンティーナは衝撃で、心臓が口から飛び出しそうになった。

「おや、その娘は、例のスキャンダルを起こした女性ではないか。公爵、陛下の御前で、よくもまあしゃあしゃあと言えたものだ。たった今も、陛下に貴殿の更迭《こうてつ》を進言していたところだぞ」

不意に、階の横にいた貴族ががらがらした声を出した。フロレンティーナは、皇帝の面前で自分の醜聞を辛辣《しんらつ》に言われ、恐怖と屈辱で、足が震えてきた。

「ゴッドヘルト公爵、彼女の名誉に関わることだ。口を謹んでいただこう」

ヘルムートは少しも動じない態度で、その貴族を窘めた。ゴッドヘルト公爵は、ムッとした様子で口を噤んだ。

「陛下は、フロレンティーナの無実を証明してみせれば、お許しをくださるとおっしゃいました」

「うむ——確かにそう申したが、できるのか？」

シュッツガル四世が不審そうに言う。

おもむろに、ヘルムートが顔を上げた。

「不敬を承知で、とある人物をここに呼んでもよろしいですか？」

「ふむ。公爵、なにか思惑があるな。よい、好きにするがいい」

シュッツガル四世の言葉には、普段からヘルムートを信頼している気持ちが滲み出ていた。

「では――カウニッツ伯爵をここへ」

ヘルムートの言葉に、フロレンティーナを始めその場にいる者たちはハッとした。思わず振り返ると、扉が開き、カウニッツ伯爵がよろめく足どりで入ってきた。遠目にもわかるほどガタガタ震えている。

カウニッツ伯爵は階まで近寄ることができず、途中でふらっと床に頽《くずお》れてしまった。

ヘルムートは踵を返し、つかつかとカウニッツ伯爵まで近づくと、むずとその腕を掴み引き立たせ、こちらに引《ひ》き摺《ず》るように連れてきた。

ヘルムートは静かだが張り詰めた声で告げた。

「陛下、カウニッツ伯爵がすべて白状しました。彼は多額の借金の肩代わりに、フロレンティーナに不名誉な噂を流すべく、不埒《ふらち》な行動をしたのです。そもそも、二人の不貞の現場を見たと証言した侍女が、カウニッツ伯爵の愛人だったのです。その侍女からも、カウニッツ伯爵から言い含められ、騒ぎを大きくして伯爵夫人の怒りを煽るよう行動した、と証言を取ってあります。そうですね？　カウニッツ伯爵？」

ヘルムートに支えられてようやく立っていたカウニッツ伯爵は、真っ青な顔でうなずいた。

「そ、その通りで、ございます。私は、妻と離婚したかったが、金が無かった。困窮に付け込まれ、軽率な行動に走りました。世間を騒がせて、誠に申し訳ありませんでした」

ヘルムートの声が厳しくなる。

「このスキャンダルのお膳立てをした人物は？」

カウニッツ伯爵はぶるぶる震える指で、傍のゴッドヘルト公爵を指した。

「か、彼です――ゴッドヘルト公爵が、私に話を持ちかけてきました」

ゴッドヘルト公爵の顔が、みるみる真っ赤になる。

「な、何を言うか⁉　貴様――陛下、こやつは嘘をついておりまする！」

するとカウニッツ伯爵が、人が違ったようにきいきい声で怒鳴った。

「あんたが企《たくら》んだんだ！　バルツァー公爵を貶《おとし》めるために、金を都合する代わりに、婚約者にスキャンダル騒ぎを起こせと、命じたんだ！　わ、私の借金は、バルツァー公爵が完済してくださった。もはや、貴殿に義理立てするいわれはない！」

ゴッドヘルト公爵もがなり返す。

「こ、この、金の亡者め！　裏切りおったか！」

「それまでだ！　静粛にせよ！　二人とも、わきまえよ！」

厳しいシュッツガル四世の声が、部屋の隅々にまで響き渡った。

ゴッドヘルト公爵とカウニッツ伯爵が、恐れ慄いたようにその場に平伏した。二人は床に這いつくばって、小刻みに震えている。

「護衛兵、二人を退出させよ。追って二人には私から沙汰をする。それまで、自宅に謹慎せよ」

部屋のあちこちに控えていた屈強な護衛兵たちが、素早く進み出て、ゴッドヘルト公爵とカウニッツ伯爵を引っ立てた。

二人が部屋を連れ出される寸前、ヘルムートが強い口調で尋ねた。

「カウニッツ伯爵、フロレンティーナとは何事もなかったのだな？」

カウニッツ伯爵は半泣きで答えた。

「ご、ございません。ご令嬢には不埒な行動は、いっさい取っておりません」

二人はそのまま連行され、扉が閉まった。

突然、静寂が訪れる。

フロレンティーナは目の前に繰り広げられた事態に、唖然として頭が真っ白だった。

ヘルムートがさりげなく寄り添い、背中に手を回して支えてくれる。

シュッツガル四世は、口髭を捻りながら、こちらをじっと見つめていた。彼はおもむろに口を開いた。

「なるほど。謁見の際は、ゴッドヘルト公爵を同席させてくれと言っていたのは、こういうわけだったのだな」

ヘルムートは頭を下げた。

「少し強引なやりかたでしたが、はっきり陛下の御前でフロレンティーナの潔白を証明したかったのです」

シュッツガル四世がうなずいた。

「うむ。ご令嬢の名誉は回復したぞ」

ヘルムートが大きく息を吐いた。

フロレンティーナの胸に、熱い感謝の気持ちが溢れてくる。恭しく一礼した。

「陛下、感謝いたします」

シュッツガル四世が温情に満ちた声で言う。

「いや、礼は公爵に言うがいい。あの冷静沈着な公爵が、大胆な策略まで巡らせて、貴女の名誉を守ったのだ」

その言葉を聞くと、ヘルムートはシュッツガル四世に顔を向けて言った。

「陛下、もう一つだけ、失礼します」

「うむ？」

ヘルムートはやにわに、フロレンティーナの前に跪いた。

そして彼女の手を取り、真摯な表情で見上げた。

「フロレンティーナ。もう一度、今度は心からあなたに正式に求婚する。どうか、私と結婚してください」

「……」

突然のことに言葉に詰まった。

するとヘルムートは、ひと言ひと言噛みしめるように言う。

「君を、愛しています」

「っ――」

「君を、心から愛している」

「――」

「君以外、愛せない。君しか、欲しくない」

「――」

「君こそ、私の人生そのもの、私の命だ」

「――」

不意に、シュッツガル四世が苦笑した。

「ご令嬢、早く返事をして上げなさい。そうでないと、この男は、玉座の前で延々と愛の言葉を吐き続けるぞ」

茫然自失《ぼうぜんじしつ》の態だったフロレンティーナは、やっと我に返った。

この状況は、夢なのだろうか。

思わず自分のほっぺたを抓ってみた。

あまり痛くない気がする。

思わず、シュッツガル四世に訴えてしまう。

「陛下、今の旦那様――いえ、公爵様のお言葉、お聞きになりました？」

シュッツガル四世が口元を緩める。

「うむ、はっきりと我が耳で聞いたぞ。ご令嬢、私が証人だ。この男は、貴女に熱烈な求婚をしている」

フロレンティーナは安堵と歓喜で、頭がクラクラした。嬉しすぎて、その場で泣き出してしまいそうなのを、必死で堪える。

そして、自分の手を取っているヘルムートの手に、もう片方の自分の手をそっと重ねた。

「もちろんです。公爵様。私はずっとずっと、あなたのお嫁さんになるって決めていたのですから」

ヘルムートの端整な顔が、くしゃっと歪む。

「フロレンティーナ――嬉しいよ」

その愛情に満ちてせつせつとした声の響きに、とうとう涙が溢れてしまった。

「愛しています、ヘルムート様――私の大好きな、旦那様」

「ありがとう、フロレンティーナ。君を必ず幸せにする」

ヘルムートはゆっくりと心を込めて、フロレンティーナの手の甲に口づけをした。

この様子を微笑ましげに見ていたシュッツガル四世は、やにわに両手をぱんぱんと叩いた。

玉座の後ろの垂れ幕から、画板を抱えた書記官らしき侍従が姿を現す。

シュッツガル四世はその書記官に何やら耳打ちした。

書記官は手にしていた羽ペンで画板の上の紙に、素早く書きつけし、それを恭しくシュッツガル四世に差し出す。シュッツガル四世は羽ペンを受け取り、書類にサインした。

書記官が、二人に近づき、ヘルムートに書類を差し出した。

シュッツガル四世が重々しく告げる。

「バルツァー公爵、並びにご令嬢。たった今、お二人の結婚承諾状にサインした。これで、あなたたちはいつでも正式な夫婦になれる」

ヘルムートは書類を受け取ると、ゆっくりと立ち上がり、玉座に向かって再び跪いた。

「陛下、感謝いたします。このヘルムート・バルツァー、生涯陛下に忠誠を誓うものであります」

「うむ。経済大臣の地位に就いたら、さらなる活躍を期待しているぞ」

ヘルムートは力強く答えた。

「御意！」

棒立ちだったフロレンティーナは、慌てて深く頭を下げる。真珠のような涙が、ぽたぽたと赤い絨毯を濡らした。


ヘルムートと謁見室を出てから、やっと、フロレンティーナは我に返った。

広い廊下で立ち止まり、深いため息を吐く。

「ああ、旦那様、まだ夢を見ているようです」

ヘルムートは穏やかな表情でフロレンティーナを見つめている。

「夢なものか。フロレンティーナ。愛している、今すぐ、正式に結婚しよう」

フロレンティーナは両手で、ぱしぱしと自分の頬を叩いた。

「ああだめだわ。まだ目が醒《さ》めていないみたい」

すると、ヘルムートが顔を寄せてきて、そっとフロレンティーナに口づけし、耳元でささやいた。

「では、目が醒めるまで何回でも言おうか。愛していると」

低く艶っぽい声に、全身に喜びが満ちていく。

「いいえ、いいえ、もう目が醒めました。だって、皇帝陛下も保証してくださいましたもの」

ヘルムートはその時、ごく自然にふわりと笑ったのだ。

「ふふっ、一国の皇帝陛下を求婚の証人にしてしまうなんて、君はやっぱり突拍子もなくて、面白い」

フロレンティーナは呆然した。

そして、夢中になってヘルムートにむしゃぶりついた。

「だ、旦那様、旦那様、今、今、お笑いになった？」

「ん？　私が——笑った？」

ヘルムートは驚いたように、自分の口元に触れる。そして、再び穏やかな笑みを浮かべた。

「——そうだな、笑っているようだ」

フロレンティーナはドキドキと鼓動が高鳴る。

「お笑いになったなんて、奇跡だわ！——ああ、でももしかして、これも夢なの？」

ヘルムートが苦笑した。

「では、夢にしないよう、今から一緒に役所に行って婚姻届を出してこよう——おいで」

ヘルムートが手を差し出す。それから、再び蠱惑的な微笑を浮かべた。

フロレンティーナは涙を飲み込んでうなずき、手を預けた。

夢じゃない。

ずっと好きだった人が、愛してくれて、優しく微笑みかけてくれる。

本当の幸せが、やっと訪れたのだ。

フロレンティーナもまた、花が開くような笑顔で、ヘルムートを見上げた。

役所に婚姻届を提出し、フロレンティーナはヘルムートの馬に乗って一緒に屋敷へ帰ってきた。

屋敷の玄関前では、ガストンとアンネを始め使用人全員が待ち受けていた。

二人の姿を見ると、彼らは一斉に歓声を上げた。

「お帰りなさい！」

「ご当主様、奥方様、お帰りなさいませ！」

馬を止めたヘルムートは、先にひらりと飛び下りると、馬上のフロレンティーナの腰を抱えて、そっと地面に下ろしてくれた。

ガストンとアンネが待ちきれないようにこちらに駆け寄ってくる。

アンネは涙を浮かべている。

「ああ奥方様、無事お戻りになられたのですね！　ようございました！」

フロレンティーナはアンネをそっと抱擁した。

「アンネ、心配ばかりかけてごめんなさいね」

アンネの薄い背中が嗚咽で震えている。

二人のその様子を優しく見守りながら、ヘルムートはガストンに馬の手綱を渡した。

「ガストン、お前の格別の働きのおかげで、今回の事件、無事解決した。感謝の極みだ」

「いえ、私はただ、ご当主様の指示に従ったのみでございます」

手綱を受け取ったガストンは、恭しく頭を下げた。

ヘルムートは背筋を伸ばし、ぐるりと使用人たちを見回した。そして、晴れ晴れとした声で告げる。

「皆、私たちは皇帝陛下から結婚承諾状をいただき、先ほど正式に婚姻届を出してきた。これでフロレンティーナは、押しも押されもせぬバルツァー家の女当主となった」

どっと祝福の声が上がる。

「おめでとうございます！　ご当主様、奥方様！」

アンネが涙だらけの顔を上げ、心から嬉しそうに言った。

「とうとう、この日が来たのですね。おめでとうございます、奥方様、これからもお二人仲良く、いつまでもお幸せに。アンネはどこまでも奥方様にお仕えいたします」

誠意のこもった言葉に、フロレンティーナも胸に迫るものがあった。

「ありがとうアンネ。これからもどうかよろしくお願いするわ」

それからフロレンティーナは、小声で付け加えた。

「アンネも早く、いい人と気持ちを通じ合えますように」

「ま——」

アンネは思わずと言ったふうに背後のガストンの方に視線をやり、赤面して慌てて顔を伏せた。

ヘルムートがその様子をにこやかに見ている。

ヘルムートとフロレンティーナを取り巻いて、使用人たちの祝福の嵐は止《や》みそうになかった。

その晩――。

ヘルムートとフロレンティーナは寝巻きに着替え、寝室で休もうとしていた。

「これは、世界で二番目に大事な私の宝物になりました」

フロレンティーナはシュッツガル四世からいただいた結婚承諾状を、大事そうに押し抱き、ベッドの脇の小さなチェストの一番下の引き出しに仕舞おうとしていた。

ベッドに腰を下ろしてフロレンティーナを見つめていたヘルムートが、不思議そうに尋ねる。

「皇帝陛下から頂いたより大事なものがあるのかい？」

フロレンティーナはぽっと頬を染め、引き出しの奥から一葉の紙片を取り出して見せた。

それは、かつてヘルムートがメモ帳に書きつけた結婚誓約書だった。

「これが、私が生きていた中で一番大事な宝物です――きっと、一生」

フロレンティーナは愛おしげに目を眇め、そのメモを結婚承諾状と共に大事に引き出しの中へ入れた。

ヘルムートが少し掠れた声で呼ぶ。

「こちらへおいで、フロレンティーナ」

「はい」

立ち上がって彼に近づくと、手首を掴まれて引き寄せられ、ぎゅうっと抱きしめられた。

「あ……」

たくましい胸に抱き込まれると、風呂上がりの甘い石鹸《せっけん》の残り香がした。

ヘルムートはフロレンティーナの髪に顔を埋め、深々と息を吸う。

「君が愛おしい――こんなにも誰かを愛する日が来ようとは、思いもしなかった」

しみじみした低い声に、フロレンティーナの鼓動がドキドキ速まる。

「私も……旦那様に愛していただける日が来るなんて、奇跡のようです」

ヘルムートは髪から額、頬へと唇を押し付けながら、くぐもった声で言う。

「それは違う。君みたいな素晴らしい人を、愛さないわけがない。奇跡でもなんでもない、これは必然だったんだ――そう、初めて君と出会った、あの遠い日からずっと、私は君を愛する運命に定められていたんだ」

「……旦那様……そう言ってもらえるなんて、嬉しい……」

フロレンティーナは身の内に溢れる愛おしさに押されるように、顔を上げ自ら口づけを求める。二人の唇が重なる。

「ん……ん……ぅ」

舌を絡め合い、吸い上げ、夢中になって甘い口づけに耽溺する。

やがて、気持ちが高揚したままもつれ合うようにシーツの上に倒れ込んだ。

「――フロレンティーナ、フロレンティーナ」

「旦那様……あぁ、旦那様ぁ」

名を連呼し、もどかしげに互いの夜着を脱がせ合った。

一糸まとわぬ姿になった二人は、再び深い口づけを繰り返す。

「んぁふ、はぁ……」

フロレンティーナはくるおしげに、息を継いだ。口づけだけで、目眩のような悦楽を極めてしまう。

ヘルムートが両手でフロレンティーナの乳房を包み込み、指先で乳首をノックしながらゆっくりと揉みしだく。そうしながら、フロレンティーナの両脚の間に、自分の腰を押し入れてくる。

太腿の間に、すでに熱く硬く滾っている男の欲望をありありと感じ、ぞわっと身体の芯が震える。

鋭敏な乳首は、いじられるとあっという間にコリコリになり、甘い痺れがひっきりなしに媚肉を刺激してくる。

「はぁ、あ、あぁ、あ……ん」

自分の隘路が、熟れて濡れてくるのがわかった。

腰が勝手に揺れて、ヘルムートの屹立を擦ってしまう。

フロレンティーナの首筋に舌を這わせていたヘルムートが、息を乱した。

「そんなふうに誘って——もう欲しいのかい？」

フロレンティーナは羞恥に全身の血が熱くなるが、濡れ襞は早く満たして欲しくて、悩ましい蠕動を繰り返す。

返事の代わりに、両手を彼の背中に回し、ぎゅっと抱き締めた。

「ああ私も、我慢できない——もう君の中に挿入りたいよ」

ヘルムートは上半身をわずかに起こし、自分の片足でフロレンティーナの両足を大きく開かせ、そこに腰を沈めてきた。

「あっ、あ」

堅い剛直の先端が、綻び切った花襞を確かめるみたいにぬるぬると擦る。

フロレンティーナも一刻も早く一つになりたくて、自分から腰を突き出した。

ずぶりと太い肉茎が、狭い入り口を突破してくる。

「はあああっ、あ、あぁあっ」

とろとろに蕩けた肉うろは、満たされる悦びに打ち震えた。

「もうこんなに熱く濡れて――私を待ち焦がれていたんだね」

ヘルムートは最奥まで突き入れるとしばらくじっとして、内部の感触を味わっている。

「ん、は、んん……」

浅い呼吸を繰り返すたび、媚肉が断続的に肉胴を締め付けてしまう。まだヘルムートが少しも動いていないのに、その刺激だけで子宮が快感につーんと痺れる。

「可愛いね。自分で締めてくる。いいよ、欲しいものを上げよう」

フロレンティーナの背中に腕を回したヘルムートは、ゆっくりと抽挿を開始した。

「あ、はぁ、あ、あぁ、あ、んぅ……っ」

飢えた膣壁をごりごり擦られる感触に、愉悦が内側から弾けて全身に広がっていく。

「とても悦い、フロレンティーナ、最高だ」

呼吸を荒くし、ヘルムートの腰の動きが次第に速くなる。

「あぁ、あ、私も、あぁ、気持ち、いい、です……あぁ、すごく、いい、いいのぉ」

フロレンティーナは酩酊した喘ぎ声を上げながら、ヘルムートの首にしがみついた。

「愛している、フロレンティーナ、愛している」

優しいささやきと力強い律動に、身も心も蕩けていく。

愛する人に愛される悦びで、髪の毛の一筋から爪先まで満たされていく。

「ああ、愛してます、愛してる、旦那様、好き、大好き……あぁ、もっと……ぉ」

「私もだ、フロレンティーナ、もっとだ、もっと愛してあげる」

「嬉しい……あ、あぁ、あ、あ、すごい、あ、来る、あ、もう、来そう……っ」

「いいよ、一緒に達こう、フロレンティーナ――っ」

二人は一つに溶け合い、目も眩むような高みへ上っていった。


そして、一ヶ月後――。

雲ひとつない晴天の昼下がり。

フロレンティーナとヘルムートは、郊外にある墓地を訪れていた。

二人は亡きレジーナ叔母の墓に花を添え、祈りを捧げに来たのだ。

「叔母様――私、明日この方と結婚式を挙げます。育ててくれた叔母様に、こうして幸せな報告ができてよかったです」

フロレンティーナは叔母の墓前でつぶやく。

背後に立つヘルムートが、感慨深く言う。

「伯爵夫人は、私が母を失った当時、隣の屋敷にお住まいだった。いつも庭で心寂しくぽつねんとしている私に、垣根越しに優しく声をかけてくれた。少年の私は、随分と夫人に慰められ

たのだ。だから、彼女が亡くなったと知って、葬儀に駆けつけた——そこで、泣きじゃくる幼い君に出会ったんだ」

フロレンティーナはゆっくりと、肩越しに振り返った。

「そうだったんですね」

「うん。だから、夫人は私と君の縁を結んでくれた大恩人だ」

フロレンティーナは、若きヘルムートと出会った時のことを、しみじみ思い出す。

そして、そっとヘルムートに寄り添った。

「私、早くに両親を亡くし、叔母様も亡くなられて、自分は肉親の縁に薄いと思っていましたが、今は、少し違う気がします。きっと両親もそうだったろうし、叔母様は私にたくさん愛情を注いでくださった。愛は、長さではなく深さだと思うのです」

ヘルムートがさりげなく手を握ってくる。

「そうだね。そして、これからは私が君に深い愛を注ごう」

フロレンティーナはその言葉が胸にじんと染みる。

「私も、同じくらい深い愛をお返しします——そして、いつか私たちの子どもができたら、うんと愛情を注ぎましょうね」

「もちろんだ。父との確執と激務に疲れ果て、笑うことも忘れていた私に、心からの笑顔を取り戻させてくれた君だもの、生まれる子どもたちは、さぞかし賢く優しい人間に育つだろう。未来の子供たちのためにも、この国をもっと良くしていきたい。ああ、楽しみだね」

ヘルムートは、青空を見上げ、晴れやかに笑った。

フロレンティーナは嬉し涙が溢れそうになる。

愛する人が、心から幸せそうに笑う。

それを傍らで見られる至福。

「愛しています、旦那様」

「私も愛している。私だけのフロレンティーナ」

二人は気持ちを込めて見つめ合い、ごく自然に唇を重ね、永遠の愛を確かめたのだった。

あとがき

皆様、こんにちは！　すずね凜です。

今回のお話も、愛と官能たっぷりでお届けしました。

このお話のヒーローは、とある理由から笑顔を失っている設定ですが、書き手の私は非常に笑い上戸なのであります。我が家にはインコがおりますが、こいつに言葉を教えようと「おはよう」「こんにちは」と毎日話しかけているのに、ちっとも覚えません。なんか「キャハハハハ」みたいな奇声ばっかり出すのです。これを聞いた家族が、「お母さんの笑い声そっくりだ！」と指摘。何とインコは、テレビなど見ては大笑いする私の笑い声を横で聞いて、覚えてしまったのです。私が笑うとインコも同じ声で笑うのです。恥ずかしい……。

今回もお世話になった編集さん始め、素晴らしい挿絵を描いてくださったウエハラ蜂先生に、御礼申し上げます。

そして読んでくださった読者様にも、私の最大級の感謝をお贈りします。

すずね凜

蜜猫 Mitsuneko Label

蜜猫文庫をお買い上げいただきありがとうございます。
この作品を読んでのご意見・ご感想をお聞かせください。
あて先は下記の通りです。

〒102-0072　東京都千代田区飯田橋 2-7-3
(株)竹書房　蜜猫文庫編集部
すずね凜先生 / ウエハラ蜂先生

笑わぬ公爵の一途な熱愛
押しかけ幼妻は蜜夜に溺れる

2020 年 8 月 28 日　初版第 1 刷発行
著　者　すずね凜　
発行者　後藤明信
発行所　株式会社竹書房
〒102-0072 東京都千代田区飯田橋 2-7-3
電話　03(3264)1576(代表)
03(3234)6245(編集部)
デザイン　antenna
印刷所　中央精版印刷株式会社

Printed in JAPAN
ISBN978-4-8019-2378-2　C0193
この作品はフィクションです。実在の人物・団体・事件などには関係ありません。

没落令嬢は不眠皇帝陛下の抱き枕になりまして
すずね凜
Illustration 旭炬
いやらしいのにあどけない表情
——あまりに罪だ
祖父が反逆罪に問われたことで没落した伯爵家のフォスティーヌは遠縁の子爵家の養女となり静かに暮らしていたが、推薦により皇帝オリヴィエの身の周りの世話係の候補になり選ばれて彼の添い寝係になる。「口づけしていいだろうか？　あなたの唇は砂糖菓子みたいに甘くて、なんて心地よいのだろうね」一線は越えないと言いつつ彼女に甘く触れてくるオリヴィエ。密かに慕っていた皇帝の優しい誘惑に揺れ動くフォスティーヌは⁉